Jochen Till

Luzifer junior
Zombie-Alarm

Alle Bände von Luzifer junior:

Band 1: Zu gut für die Hölle
Band 2: Ein teuflisch gutes Team
Band 3: Einmal Hölle und zurück
Band 4: Der Teufel ist los
Band 5: Ein höllischer Tausch
Band 6: Schule ist die Hölle
Band 7: Fiese schöne Welt
Band 8: Ein Geschenk der Hölle
Band 9: Ein Dämon im Klassenzimmer
Band 10: Die verrückte Zeitmaschine
Band 11: Campingtrip nach Hölland
Band 12: Zombie-Alarm

Jochen Till

LUZIFER junior

Zombie-Alarm

Mit Illustrationen von Raimund Frey

Band 12

Loewe

FSC
www.fsc.org
MIX
Papier aus verantwortungsvollen Quellen
FSC® C014496

Klimaneutral
Druckprodukt
ClimatePartner.com/18521-2202-1001

ISBN 978-3-7432-1386-9
1. Auflage 2022

Dieses Werk wurde vermittelt durch die Agentur Brauer
Umschlag- und Innenillustrationen: Raimund Frey
Umschlaggestaltung: Michael Dietrich
Printed in the EU

www.luzifer-junior.de
www.loewe-verlag.de

Inhalt

Luzifer junior

Luzie genannt, Sohn des Teufels.
Wurde zu uns nach oben geschickt,
weil er zu lieb für die Hölle ist.
Kennt sich in der Oberwelt noch nicht gut aus.
Tarnname in St. Fidibus: Vitus von Turbsnatas.

Lilly

Nichte des Hausmeisters in St. Fidibus.
Luzies Zwillingsschwester, was die
beiden aber noch nicht lang wissen.
Hat das Temperament ihres Vaters geerbt.

Luzifer

Herrscher der Hölle.
Unbeherrscht, launenhaft, bösartig.
Zeigt in seltenen Fällen aber doch Herz,
wenn es um seine Kinder geht.

Steven

Luzifers Assistent.
Bringt die Hölle auf den
neuesten technischen Stand.
Liebt Äpfel, hasst Fenster.

Luzies Hausdämon.
Kann sich in alle Tierarten der Oberwelt verwandeln.
Sehr verfressen.

Schüler in St. Fidibus.
Luzies Freund.
Hochintelligent.
Hat jede Menge Ticks.

Schüler in St. Fidibus.
Luzies Freund.
Zuverlässig, hilfsbereit.
Ist mutiger, als er denkt.

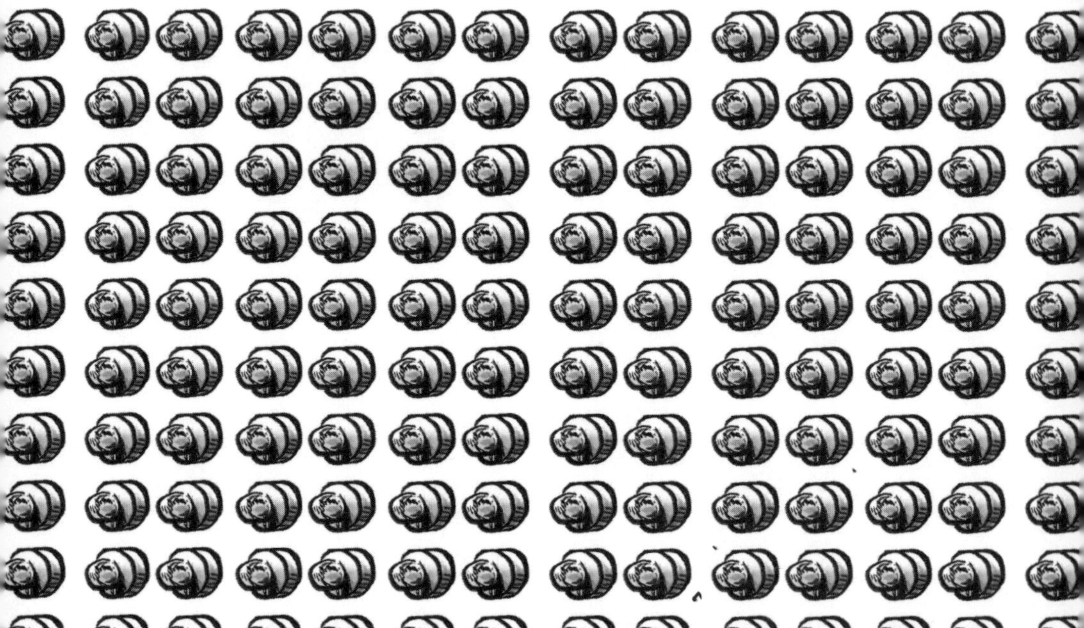

»STEVEN! STEEEEEEEVEN! KOMM SOFORT HIERHER!«

Ein Problem zu viel

»GERN, CHEF! ABER WO SIND SIE DENN?«

»ICH BIN IN DIESEM KOMISCHEN RAUM MIT DEN GANZEN LÄMPCHEN!«

»AH, SIE SIND IM KONTROLLZENTRUM! MOMENT, BIN GLEICH DA!«

»BEEIL DICH! DAS MACHT MICH GANZ VERRÜCKT HIER!«

»Hier bin ich schon, Chef. Was gibt's denn?«

»Da, dieses blinkende rote Licht, das nervt. Mach das weg.«

»Äh … Aber das hat schon einen Grund, dass das rot blinkt, Chef. Genau deshalb habe ich das hier doch alles installiert. Ein rot blinkendes Lämpchen zeigt uns an, dass es irgendwo ein Problem gibt.«

»Ein Problem? Ich will aber gar nicht wissen, dass es ein Problem gibt. Ich hasse Probleme. Und jetzt gerade habe ich bereits ein Problem, und zwar, dass mich dieses Lämpchen aufregt. Das ist schon ein Problem zu viel. Mehr brauche ich nicht.«

»Das Lämpchen hört aber erst auf zu blinken, wenn das Problem beseitigt ist.«

»Oder wenn ich einmal kräftig dagegen trete.«

»Aber das löst doch nicht das Problem, Chef.«

»Meins schon. Mach mal Platz, ich will Anlauf nehmen.«

»Jetzt lassen Sie mich doch erst mal nachgucken, um was für eine Art von Problem es sich handelt, bevor Sie hier alles zertrümmern. Bitte, Chef!«

»Haha, der war gut! *Bitte, Chef!* Weißt du, wie oft schon jemand versucht hat, mit einem *Bitte* etwas bei mir zu erreichen?«

»Vermutlich sehr viele Leute, Chef.«

»Exakt. Es waren Milliarden. Und weißt du auch, wie viele von denen das bekommen haben, worum sie mich so freundlich gebeten haben?«

»Äh … nicht viele, befürchte ich?«

»Es waren genau null Komma 666 Nullen Prozent. Die Chance, dass ich deine Bitte erfülle, kannst du dir somit sicher selbst ausrechnen. Jetzt geh aus dem Weg. UND ZWAR OHNE BITTE!«

»Aber jetzt warten Sie doch mal kurz, Chef! Ich will nur nachgucken, was für ein Problem es ist. Es könnte ja etwas Wichtiges sein. Dauert auch nicht lang, ich muss nur eben schnell an das Terminal. Vielleicht ist es ja auch nur ein Wackelkontakt.«

»Na gut. Du hast exakt zehn Sekunden. Sonst hat dein Kopf gleich einen Wackelkontakt.«

»Alles klar, Chef. Bin schon drin. So, mal gucken. Ah ja. Das Problem ist in Sektor 27056618 1182131277 aufgetreten.«

»Aha. Wo ist das?«

»Das weiß ich gerade nicht auswendig, Chef. Auf jeden Fall oben irgendwo.«

»Oben? Dieses rote Licht geht mir hier unten auf die Nerven, weil es oben irgendwo ein Problem gibt? Was ist denn das für ein Blödsinn? Da oben gibt es jede Menge Probleme. Und die können sie auch gerne behalten. Wieso stellst du denn diese Höllenmaschine so ein, dass sie Probleme von oben anzeigt? Falls es dir hier unten zu wenig Probleme gibt, kann ich dir gerne sofort welche verschaffen.«

»Das ist wirklich nicht nötig, Chef. Mein Kontrollsystem zeigt tatsächlich nur Probleme an, die uns hier unten auch betreffen. In diesem Fall ist es ein … Moment, ich bin gleich so weit … Ah ja … Wir haben in diesem Sektor offenbar einen Irrläufer, Chef.«

»Einen Irrläufer? Nie gehört. Was soll das denn sein?«

»Das ist jemand, der weder tot noch lebendig ist, Chef. Weil er nicht ordnungsgemäß oder zu früh bearbeitet wurde.«

»Ah, ein Zombie, okay, verstehe. Hatten wir ewig nicht mehr, aber so was kommt vor. Und wer hat ihn nicht ordnungsgemäß oder zu früh bearbeitet? Einer von uns oder die von ganz oben?«

»Äh … das ist hier nicht ersichtlich, Chef. Aber falls es jemand von uns war, wäre die Abteilung Transport zuständig.«

»Unwahrscheinlich. Der alte Mortimer erledigt seine Arbeit seit Jahrhunderten einwandfrei. Ich musste ihm nicht ein Mal den Kopf abreißen. Es geht um einen einzigen Zombie? Oder sind da noch mehr?«

»Mir wird nur eine betroffene Person angezeigt, Chef. Männlich. Mehr Informationen habe ich nicht.«

»Okay, dann bleibt eigentlich nur noch eine Frage.«

»Ich höre, Chef.«

»WIESO, ZUM HENKER, MUSS ICH MICH WEGEN EINES EINZELNEN ZOMBIES, DEN MIT GRÖSSTER WAHRSCHEINLICHKEIT DIESE TROTTEL DA GANZ OBEN VERBOCKT HABEN, VON EINEM BLINKENDEN ROTEN LICHT NERVEN LASSEN?«

»Das tut mir sehr leid, Chef. Aber es hört erst auf zu blinken, wenn die Sache mit dem Irrläufer erledigt ist. Das ist eine Sicherheitsvorkehrung, die … ich … eingebaut habe.«

»DAS IST MIR SCHON KLAR, DASS *DU* DAS EINGEBAUT HAST! DU BAUST NÄMLICH STÄNDIG IRGENDWELCHE BESCHEUERTEN SACHEN HIER UNTEN EIN, DIE MIR DEN LETZTEN NERV RAUBEN!«

»Ich werde mich sofort darum kümmern, Chef! Ich kläre das mit dem Irrläufer höchstpersönlich, Chef! Heute noch!«

»DAS WILL ICH DIR AUCH GERATEN HABEN! WENN ICH NÄMLICH MORGEN HIER REINKOMME UND ES BLINKT WIEDER IRGENDWAS, STOPFE ICH DIR SÄMTLICHE LICHTER IN DEN HALS! ABER VON UNTEN!«

»Alles klar, Chef! Kein Problem, Chef! Ich kümmere

mich! Hier wird nichts mehr blinken! Versprochen, Chef! Aber eine Frage hätte ich auch noch: Was wollten Sie eigentlich hier im Kontrollzentrum? Ich meine, außer mir hält sich nie jemand hier auf. Und Sie schon gar nicht, weil Sie die ganze Technik ja hassen. Wollten Sie etwas Bestimmtes hier?«

»Was? … Öh … Äh … Ich … DAS GEHT DICH ÜBERHAUPT NIX AN, WAS ICH HIER WOLLTE! SO WEIT KOMMT'S NOCH, DASS DER TEUFEL IN DER EIGENEN HÖLLE ERKLÄREN MUSS, WO ER REINGEHT! WENN ICH IN DEINEN KOMISCHEN KONTROLLRAUM WILL, DANN GEHE ICH AUCH IN DEN KONTROLLRAUM! GENAUSO WIE ICH DIR DEN KOPF ABREISSE, WANN IMMER ICH LUST DAZU HABE! UND WENN DU NOCH SO EINE BLÖDE FRAGE STELLST, KRIEGE ICH GANZ SICHER LUST DAZU! KAPIERT?«

»Ja, Chef. Alles klar, Chef. Keine weiteren Fragen, Chef. Dann kümmere ich mich mal um den Irrläufer.«

Erde essen

»D-D-Das ist ein Z-Z-Z-Zombie«, sagt Gustav zitternd.

»Ein *was*?«, frage ich, weil ich das Wort noch nie gehört habe.

»Ein Zombie«, sagt Aaron. »Man nennt diese Figuren auch Untote. Es heißt, sie sind weder tot noch lebendig. Sie tauchen immer wieder in Filmen oder Serien auf. Dort wird ihr Zustand oftmals durch neuartige Viren erklärt. In der Realität gibt es keine Zombies, ich hielt sie immer für eine Erfindung der Filmindustrie. Aber das dachte ich von der Hölle und eurem Vater auch. Von daher wäre ich nur mittelmäßig überrascht, wenn es sich hierbei tatsächlich um einen Zombie handelt. Zombie handelt.«

Aha, okay, ein Zombie, also. Nie gehört. Bei uns unten sind ja aber auch alle definitiv tot.

»GROGL! … BRGL! … MRKS!«, krächzt unser Direktor vor sich hin.

»Ich verstehe immer noch kein Wort«, sage ich. »Reden alle Zombies so undeutlich?«

»Ja«, sagt Gustav schlotternd. »Und du d-d-darfst ihm nicht zu n-n-nah k-k-kommen! Wenn dich ein Z-Z-Z-Zombie b-b-b-beißt, wirst du selbst zum Z-Z-Z-Zombie!«

In diesem Moment bewegt sich der Direktor plötzlich auf mich zu, kippt aber beim zweiten Schritt der Länge nach mit dem Gesicht zuerst nach vorne in den Dreck.

»Also, wenn man sich nicht gerade direkt vor ihm auf den Boden legt, ist die Gefahr, von ihm gebissen zu werden, offenbar nicht besonders hoch. Besonders hoch«, stellt Aaron fest.

»Auf mich macht er auch keinen gefährlichen Eindruck«, sage ich. »Bleibt nur die Frage: Was machen wir denn jetzt mit unserem Zombie?«

»M-m-man m-m-uss Z-Z-Zombies unbedingt t-t-töten«, sagt Gustav bibbernd. »S-s-s-sonst sind wir b-b-bald alle Z-Z-Zombies.«

»Aha«, sage ich. »Und wie tötet man einen Zombie? Ich meine, er ist doch quasi schon tot. Zumindest riecht er so. Aber dann auch wieder nicht? Ich kapier das nicht.«

»Wenn man der gängigen Zombie-Mythologie Glauben schenkt, kann man einen Zombie nur töten, indem man sein Gehirn zerstört. Gehirn zerstört«, erklärt Aaron.

»Alles klar«, sagt Lilly entschlossen. »Ich hole meine Streitaxt.«

»Was? Nein!«, erwidere ich. »Auf gar keinen Fall. Das ist immer noch unser Direktor, der kriegt keine Axt in den Kopf gerammt. Da fällt uns bestimmt noch eine andere Lösung ein.«

»Onkel Wolfram hat eine Motorsäge«, sagt Lilly. »Damit müsste es auch gehen.«

»Nein, sein Kopf wird auch nicht abgesägt«, sage ich bestimmt. »Ihr habt doch gesagt, er ist weder tot noch lebendig. Wenn wir ihn endgültig töten können, können wir ihn doch auch wieder lebendig machen, oder?«

»Ich habe noch nie von einem Z-Z-Zombie gehört, der wieder lebendig geworden ist«, sagt Gustav.

»Na ja«, sagt Lilly. »Du hast ja auch noch nie einen *echten* Zombie gesehen, oder?«

»Natürlich nicht«, antwortet Gustav. »Nur in Filmen oder Serien. Aber die haben mir schon verdammt viel Angst gemacht.«

»Und warum schaust du dir dann solche Filme an?«, frage ich.

»Meine Eltern lieben Zombies, das läuft bei uns ganz oft«, sagt Gustav. »Manchmal schleiche ich mich ins Wohnzimmer hinter die Couch und schaue heimlich mit. Und dann kann ich hinterher immer nicht einschlafen.«

»Ja, aber warum guckst du das denn, wenn du genau weißt, dass es dir so viel Angst macht?«, hake ich verwundert nach.

»Äh … gute Frage, eigentlich«, sagt Gustav. »Weil das die Erwachsenen machen?«

»Die spinnen doch, die Erwachsenen«, sage ich. »Das ist ja so, als würden sie freiwillig in die Hölle gehen. Kapier ich nicht.«

»Meiner Erfahrung nach muss man nicht alles verstehen, was Erwachsene machen«, sagt Aaron. »Und gut finden schon gar nicht. Gar nicht.«

»Das sehe ich auch so«, stimme ich ihm zu. »Nicht umsonst gibt es bei uns unten keine Kinder.«

»Aber bald vielleicht einen Schuldirektor mehr«, sagt Lilly und zeigt auf den Hasenfuß. »Haben die eigentlich eine eigene Abteilung?«

»Nein«, antworte ich. »Die kommen entweder zu den Katastrophalen Lehrern in Abteilung 15 oder zu den Miesen Machtmissbrauchern in die 95. Da ist es immer sehr lustig, weil jeder gesagt bekommt, er sei der König und alle anderen müssten seine Befehle befolgen. Die verkloppen sich die ganze Zeit gegenseitig, da müssen wir gar nichts mehr machen. Onkel Gabriel liebt solche Abteilungen, weil sie keine Kosten verursachen.«

»Hihi«, kichert Lilly. »Das klingt echt lustig. Muss ich mir unbedingt mal angucken, wenn wir wieder unten sind.«

»Das machen wir«, sage ich. »Aber unser Direktor gehört da definitiv nicht rein. Ich finde, er erledigt seinen Job ganz ordentlich, soweit ich das beurteilen kann.«

»Also, im Moment futtert er nur ganz ordentlich Erde«, sagt Lilly.

Das stimmt. Direktor Hasenfuß liegt immer noch auf seinem Gesicht flach vor uns auf dem Boden. Sein Mund klappt ständig auf und zu, es sieht tatsächlich so aus, als würde er Erde essen.

»Der Arme«, sage ich. »Wir müssen ihm irgendwie helfen. Und damit meine ich ausdrücklich nicht die Zerstörung seines Kopfs.«

Ich gucke Lilly scharf an, sie verdreht genervt die Augen.

»Vielleicht gibt es ja einen passenden Spruch in deinem Dämonenhandbuch«, sagt Aaron. »Irgendwas, mit dem man Tote erwecken kann, oder etwas Ähnliches. Etwas Ähnliches.«

»Sehr gute Idee«, sage ich. »Kann gut sein, dass da was drinsteht, das uns hilft. Das Buch ist oben in meinem Zimmer.«

»Ich denke, es wäre sowieso besser, wenn wir hier verschwinden«, sagt Aaron. »Es wäre sicher nicht gut, wenn jemand den Herrn Direktor hier so sehen würde. Sehen würde.«

»Alles klar, dann bringen wir ihn hoch zu mir«, sage ich. »Kommt, helft mir mal.«

»Also, *ich* fasse ganz bestimmt keinen Zombie an«, sagt Gustav abwehrend.

»Musst du auch nicht«, sage ich. »Dann gehst du vor und guckst, ob die Luft rein ist.«

Lilly und ich hieven den Direktor mühsam hoch, bis er schwankend auf beiden Beinen stehen bleibt.

»GRMBL! … GRGL! … GRGL!«, krächzt er.

»Ja, Herr Direktor«, rede ich beruhigend auf ihn ein. »Keine Sorge, wir kriegen Sie schon wieder hin.«

»GRGL! … BRGL! … MRKS!«, gurgelt er seufzend.

Lilly und ich haken uns links und rechts bei ihm unter, um ihn zu stützen.

»Passt aber bitte auf, dass er euch nicht beißt«, sagt Gustav.

»Ach, er wird uns schon nicht beißen«, sagt Lilly. »Und falls er es doch versucht, reiße ich ihm einfach mit bloßen Händen den Kopf ab. Nicht wahr, Herr Direktor? So machen wir das. Also, immer schön brav bleiben. Und einen Fuß vor den anderen. Ja, genau, so ist's gut.«

Wir setzen uns langsam in Bewegung. Als wir am Schulhof ankommen, gibt uns Gustav ein Zeichen, dass der Weg frei ist. Wir überqueren den Hof so schnell, wie es mit einem Zombie im Schlepptau eben möglich ist, und schaffen es ungesehen zur großen Eingangstür. Gustav hält uns die Tür auf und wir schlüpfen hinein.

Aus dem Speisesaal sind Stimmen und Geschirrklappern zu hören.

»Das ist die Beerdigungsgesellschaft«, flüstert Lilly.

Wir schleichen weiter. Als wir kurz vor der großen Treppe nach oben sind, öffnet sich plötzlich die Tür des Saals. Frau Schneider-Schnutzel kommt heraus. Wir schieben uns alle vier schnell vor den Zombie-Direktor und bleiben wie erstarrt stehen. Sie zieht ihre Brille ab und wischt sich mit einem Taschentuch Tränen aus den Augen. Dann sieht sie uns.

»Hallo, Kinder«, sagt sie schniefend. »Ihr könnt ruhig reinkommen. Es gibt Kuchen. Ich habe Donauwelle gebacken. Das war Bärch… äh Direktor Hasenfuß' Lieblingskuchen.«

Sie fängt an zu schluchzen.

»Das … das ist sehr lieb, Frau Schneider-Schnutzel«, sagt Gustav. »Aber wir haben alle keinen Appetit. Wir gehen auf unsere Zimmer.«

»Das kann ich verstehen«, sagt Frau Schneider-Schnutzel wimmernd. »Ich habe auch keinen Bissen runtergekriegt, weil ich es immer noch nicht richtig fassen kann. Er war doch mein süßer, kleiner … Er war doch so ein stattlicher und gesunder Mann in den besten Jahren.«

»Ja, das war er«, sagt Aaron. »Wir werden ihn alle ganz schrecklich vermissen. Vermissen.«

»Ja, das werden wir«, sagt sie mit gebrochener Stimme.

Sie wischt sich noch einmal Tränen aus den Augen, schnäuzt dann trompetend in das Taschentuch und setzt ihre Brille wieder auf.

»Dann geht mal hoch auf eure Zimmer«, sagt sie. »Zum Glück fängt der Unterricht erst in einer Woche an, bis dahin habt ihr euch hoffentlich von dem Schock erholt. Bei mir wird es sicher sehr lange dauern, bis ich das alles …«

Sie hört auf zu sprechen und kneift die Augen zusammen. Jetzt schreitet sie langsam auf uns zu. O-oh. Das ist nicht gut.

»Sagt mal, wo kommt denn der ganze Dreck her?«, fragt sie argwöhnisch. »Hier ist ja alles voll Erde. Und was versteckt ihr da hinter eurem Rücken?«

»Öh … nichts«, sage ich möglichst unschuldig.

»Das mit dem Dreck tut uns leid«, sagt Lilly. »Wir waren doch am Grab, da war überall noch frische Erde. Aber wir machen das gleich sauber, versprochen.«

»SCHNA … SCHNU … GRGL!«, röchelt unser Zombie-Direktor plötzlich los.

»Was war das?«, fragt Frau Schneider-Schnutzel. »Habt ihr … Schleppt ihr hier etwa irgendeinen dreckigen Köter rein? Ihr wisst doch ganz genau, dass Haustiere in St. Fidibus verboten sind.«

Sie kommt noch ein paar Schritte näher. Wir machen uns so groß wie möglich, um den Blick auf den Direktor zu versperren.

»GRGL! … SCHNA … SCHNU … GLRKS!«, röchelt der Hasenfuß weiter.

»Klappe jetzt!«, zischt Lilly ihn an. »Sie sind uns nicht gerade eine große Hilfe!«

»Ich verstehe«, sagt Frau Schneider-Schnutzel. »So läuft das also. Mein heiß geliebtes Bärch… euer aufopferungsvoller Direktor liegt nicht mal eine Stunde unter der Erde und schon glaubt ihr, ihr könnt hier machen, was ihr wollt. Ich kann euch gar nicht sagen, wie sehr ihr mich enttäuscht.«

»Aber, so ist das doch gar nicht«, sagt Gustav. »Wirklich nicht. Wir …«

»Papperlapapp!«, unterbricht ihn Frau Schneider-Schnutzel. »Keine faulen Ausreden jetzt. Los, auseinander! Ich will sehen, was ihr da mitgebracht habt!«

Sie stapft auf uns zu und drückt uns mit beiden Händen auseinander, bis sie freie Sicht auf den Zombie-Direktor hat. Ihre Kinnlade klappt ganz weit nach unten.

»Aber … das ist doch …«, stammelt sie. »Wie ist das … Was habt ihr … Du bist doch … mein Bärchen.«

Sie stöhnt laut auf, sackt auf die Knie und kippt ohnmächtig nach hinten um.

»SCHNA … SCHNU … BUMM!«, krächzt der Direktor.

»Na, super«, stöhnt Lilly. »Jetzt haben wir nicht nur einen fußlahmen Zombie, sondern auch noch seine ohnmächtige Sekretärin an der Backe.«

»Was machen wir denn jetzt?«, fragt Gustav.

»Keine Ahnung«, sage ich. »Aber wir sollten hier verschwinden, bevor noch jemand aus dem Saal kommt.«

»Die kriegen wir aber nie im Leben die Treppe hochgeschleppt«, stellt Lilly fest. »Nicht mal zu viert.«

Wir schauen uns alle hektisch um.

»Das Sekretariat«, sagt Aaron. »Es ist bestimmt offen. Wenn wir sie über den Boden ziehen, müsste es funktionieren. Funktionieren.«

»Okay, dann aber schnell!«, sage ich.

Während Lilly den Zombie-Direktor zum Sekretariat bugsiert, schnappen Aaron, Gustav und ich uns Frau Schneider-Schnutzel und ziehen sie an den Beinen über den glatten Boden hinterher.

Als wir drin sind, werfe ich noch einen kurzen Blick zum Saal, niemand zu sehen. Ich schließe die Tür.

»Und jetzt?«, frage ich und zeige auf Frau Schneider-Schnutzel. »Wie kriegen wir sie denn wieder wach?«

»*Wollen* wir sie denn überhaupt wieder wach kriegen?«, fragt Lilly.

»Wieso?«, erwidere ich. »Willst du ihr etwa auch lieber den Kopf durchsägen?«

»Nein, natürlich nicht«, sagt Lilly. »Ich meine nur, sie hat ihn ja schließlich gesehen. Und ich habe keine Ahnung, wie wir ihr seinen Zustand erklären sollen. Wäre es da nicht besser, sie bleibt so lang wie möglich ohnmächtig?«

»Solche Ohnmachtsanfälle sind meistens von kurzer Dauer«, erklärt Aaron. »Ich bin mir ziemlich sicher, dass sie gleich von selbst wieder aufwacht. Wieder aufwacht.«

»Na, und was sagen wir ihr dann?«, fragt Lilly. »Dass ihr heiß geliebtes Bärchen jetzt ein Zombie ist? Dann kippt sie gleich noch mal um.«

»Es gäbe da schon eine Erklärung«, sagt Aaron. »Ob

sie die glauben wird, ist eine andere Sache. Andere Sache.«

»Ihr Kopf hat sich bewegt!«, sagt Gustav und zeigt auf sie. »Sie wird gleich wach!«

Er hat recht, Frau Schneider-Schnutzel öffnet langsam blinzelnd ihre Augen.

»Was … Wie … Wo …«, stammelt sie. »Was ist denn passiert? Wo bin ich?«

»Geht es Ihnen gut?«, frage ich. »Sie sind ohnmächtig geworden.«

»Ohnmächtig?«, wiederholt sie verwundert. »Aber das ist doch sonst gar nicht meine Art.«

Sie richtet ihren Oberkörper auf und blickt von einem zum anderen.

»Was macht ihr denn alle hier?«, fragt sie. »Wieso sind wir im Sekretariat? War ich nicht eben noch … AAAAAH!«

Sie hat den Zombie-Direktor entdeckt und springt auf.

»SCHNA … SCHNU … BÖRPS!«, macht der Direktor.

Ich kann nichts dafür, aber ich muss kichern.

»Ich wusste nicht, dass Zombies rülpsen können«, flüstere ich Gustav zu.

»Ich auch nicht«, sagt er und kann sich ein Glucksen nicht verkneifen.

Frau Schneider-Schnutzel tritt zaghaft einen Schritt näher an den Direktor heran und beäugt ihn kritisch.

»Das ist … Wie ist das … Was habt ihr mit ihm gemacht?«, fragt sie.

»Wir haben gar nichts mit ihm gemacht«, antwortet Lilly. »Er war schon so, als er …«

»Er war scheintot«, fällt Aaron ihr ins Wort. »Dieser Zustand ist von den Ärzten nur sehr schwer zu erkennen, weil weder Puls noch Atem festgestellt werden können. Selbst der Herzschlag ist mit dem Stethoskop kaum zu hören. Es passiert demnach häufiger, als man denkt, dass Leute, wie in seinem Fall, lebendig begraben werden. Die Angst davor heißt übrigens Taphephobie, aber dies nur am Rande. Zum Glück haben wir, als wir am Grab standen, leise Klopfgeräusche gehört und die richtigen Schlüsse daraus gezogen. Wir fingen sofort an zu graben und konnten den werten Herrn Direktor gemeinsam befreien. Befreien.«

»Genau, so war das«, sagt Lilly. »Scheintot.«

»Ja«, stimme ich zu. »Mir tun jetzt noch die Arme weh vom Buddeln.«

»Mir auch«, sagt Gustav. »Aber egal, Hauptsache, unser Direktor ist wieder unter uns.«

»Spurlos ist diese schlimme Erfahrung aber nicht an ihm vorbeigegangen«, fährt Aaron fort. »Sein Sprachzentrum, seine motorischen Fähigkeiten sowie sein äußeres Erscheinungsbild haben leider gelitten. Aber wir sind uns sicher: Mit etwas Zeit und nach einer ordentlichen Grundreinigung wird er bald wieder ganz der Alte sein. Alte sein.«

Frau Schneider-Schnutzel zieht eine Augenbraue nach oben und sieht uns einen nach dem anderen ernst an.

»Ihr denkt doch wohl nicht allen Ernstes, dass ich euch das glaube«, sagt sie schließlich. »Veräppeln kann ich mich auch allein, dafür brauche ich euch nicht.«

Mist, sie hat es uns nicht abgekauft.

Sie zeigt auf den Zombie-Direktor und ihr Blick verfinstert sich deutlich.

»Ihr wolltet mich wahrscheinlich nur schonen, aber das ist nicht nötig«, sagt sie. »Ich erkenne einen Zombie, wenn ich einen sehe. Und *das da* ist eindeutig ein Zombie.«

Wir werfen uns erstaunte Blicke zu.

»Ich habe schon Tausende dieser Biester am Computer erledigt«, fährt sie fort. »Ich kenne sämtliche Zombie-Szenarien in- und auswendig. Ich nehme jedes Jahr an mehreren Zombie-LARPs teil und gehöre *immer* zu den Überlebenden. Ich selbst habe bereits vor fünfzehn Jahren die Anti-Zombie-Liga gegründet und gebe dort regelmäßig Survival-Kurse. Und deshalb bin ich selbstverständlich überall und jederzeit bestens auf die beginnende Zombie-Apokalypse vorbereitet.«

»Äh …«, sage ich, aber mehr fällt mir dazu gerade nicht ein.

Zombie-Apokalypse? Zombie-Larps? Anti-Zombie-Liga? Wovon redet die Frau? Ich dachte, Zombies gibt es nur im Film. Also, außer unserem Direktor hier, klar. Aber der wirkt jetzt auf mich nicht unbedingt so, als müsste man gleich eine Liga gegen ihn gründen, weil er jeden Augenblick eine Apokalypse lostreten könnte.

Frau Schneider-Schnutzel geht zielstrebig an ihren Schreibtisch und taucht dahinter ab.

»Ihr habt wirklich großes Glück«, hören wir ihre Stimme. »Mit mir an eurer Seite kann euch nichts passieren. Für diesen Moment habe ich jahrelang trainiert. Ich muss nur schnell … Moment, da klemmt was … Jetzt komm schon da raus, du blödes … Ah, da bist du ja!«

Sie wischt kurz mit einem Arm sämtliche Sachen von ihrem Schreibtisch, wuchtet einen prall gefüllten Rucksack hervor und lässt ihn schwer auf die Platte krachen.

»Was ist das?«, fragt Lilly neugierig.

»Das, meine Liebe, ist leider nur ein Notfallset«, erklärt Frau Schneider-Schnutzel. »Aber fürs Erste muss und wird es reichen. Ich befinde mich nie mehr als einhundert Meter von einem Zombie-Survival-Kit entfernt. Ich habe noch zwei vollständige im Auto, die holen wir nachher. Die Zusammenstellung ist variabel, aber eine Sache sollte immer dabei sein.«

Sie öffnet den Rucksack und fängt an, darin herumzuwühlen. Immer mehr Sachen landen neben dem Rucksack auf dem Tisch. Verschiedene Zangen und Werkzeuge, eine kleine Säge, unterschiedlich große Messer, eine Rolle Draht, ein längeres Seil, eine Wasserflasche und was weiß ich noch alles. Wir kommen aus dem Staunen nicht mehr heraus.

»Na, wo ist denn diese verflixte … Jetzt komm schon, du … Das kann doch nicht …«, brummelt Frau Schneider-Schnutzel in den Rucksack, während sie ständig weitere Sachen herauszieht und auf den Tisch legt.

»Können wir Ihnen vielleicht irgendwie helfen?«, frage ich.

»Nein, nein, alles gut, ich hab's gleich«, antwortet sie. »Sagt mir lieber, ob er schon einen von euch gebissen hat. Er hat doch hoffentlich niemanden gebissen, oder?«

»Nein«, antworte ich. »Er hat noch nicht mal jemanden angeknabbert.«

»Sehr gut, Glück gehabt«, sagt Frau Schneider-Schnutzel. »Manchmal setzt der Beißreflex bei diesen Biestern verzögert ein. Haltet auf jeden Fall mindestens eine Armlänge Abstand. Zumindest so lang, bis ich diese verflixte … Ah, da ist sie ja!«

Sie zieht eine kleine Spitzhacke aus dem Rucksack und präsentiert sie uns breit grinsend.

»Viele Kollegen aus der Liga bevorzugen ja im Nahkampf eine Handaxt«, erklärt sie. »Ich habe aber festgestellt, dass dieser kleine Freund hier für mich viel besser funktioniert.«

Sie fuchtelt mit der Spitzhacke wild in der Luft umher und lässt sie spielerisch um ihr Handgelenk kreisen.

»Die Frau gefällt mir«, sagt Lilly leise grinsend.

»Zumindest vor diesem einen Zombie müsst ihr gleich keine Angst mehr haben«, sagt Frau Schneider-Schnutzel.

»Ich habe nie Angst. Angst«, sagt Aaron.

Stimmt, das ist bei Aaron ja angeboren, irgendein Gendefekt.

»Guter Junge«, sagt Frau Schneider-Schnutzel. »Das ist genau die Einstellung, die man bei einer Zombie-Apokalypse zum Überleben braucht.«

Sie tritt hinter dem Schreibtisch hervor und geht langsam auf unseren Zombie-Direktor zu.

»Ihr guckt jetzt am besten weg, Kinder«, sagt sie. »Das wird kein schöner Anblick. Wobei, eigentlich solltet ihr genau hingucken, damit ihr euch schon mal daran gewöhnt. In einer Zombie-Apokalypse ist keine Zeit für Zimperlichkeit, da kann es euch das Leben kosten, wenn ihr würgen müsst. Ach, am besten macht das jeder von euch, wie er will. Wird auch nicht lang dauern, ein gezielter Schlag und dieser Zombie ist Geschichte.«

Sie hebt die Spitzhacke und geht zielstrebig weiter auf den Direktor zu.

Okay, bis jetzt konnte ich nichts weiter tun, als verwundert zuzugucken und abzuwarten, was diese Frau hier abzieht. Jetzt ist es allerdings höchste Zeit einzuschreiten. Aaron sieht das offenbar genauso, wir stellen uns beide gleichzeitig schützend vor den armen Direktor.

»Moment mal!«, sage ich zu Frau Schneider-Schnutzel. »Nicht so schnell! Das ist immer noch unser Direktor. Und ich sehe gerade überhaupt keinen Anlass, ihm den Kopf einzuschlagen. Er macht doch gar nichts, im Gegenteil. Ich habe eher das Gefühl, als bräuchte er unsere Hilfe.«

»Ach, Kinder«, sagt Frau Schneider-Schnutzel und lässt seufzend die Spitzhacke sinken. »Wisst ihr, was das größte Problem bei jeder Zombie-Apokalypse ist? Dass die Leute immer denken, da steht ein Familienmitglied oder ein Freund vor ihnen, und plötzlich Mitleid kriegen. Aber davon müsst ihr euch frei machen. Das ist nicht euer geliebter Herr Direktor. Das ist ein seelenloses Monster, das es nur darauf abgesehen hat, euch seiner seelenlosen Zombie-Armee einzuverleiben, um die Menschheit auszurotten. Genau das müssen wir verhindern, und das geht nur, wenn wir alle Sentimentalitäten ausschalten und das tun, was getan werden muss. Also, geht bitte beiseite, damit ich einen ordentlichen Aufschlagwinkel habe.«

»SCHNA … SCHNU … BUHUHUUU!«, ertönt die krächzende Stimme des Direktors hinter uns.

Wir drehen uns zu ihm um.

»BUHUHUUUUU! … MRKS! … SCHNF!«, jault er.

»Es sieht so aus, als ob er weint«, sagt Gustav.

Tatsache, da kullert eine Träne aus seinem linken Auge.

»Lasst … lasst euch davon nicht … nicht irritieren«,

sagt Frau Schneider-Schnutzel. »Das … das sind keine Tränen. Das ist … nur Wasser.«

Der Zombie-Direktor hebt seinen Kopf und sieht Frau Schneider-Schnutzel direkt an.

»BUHUHUUUU! … SCHNA … SCHNU … LB! … LB! …«, wimmert er.

»Ich glaube, er erkennt Sie, Frau Schneider-Schnutzel. Schnutzel«, sagt Aaron.

»Was? … Nein … Das … das kann nicht sein«, stammelt sie mit leiser, brechender Stimme. »Er … er ist ein hirntoter … Zombie … Ich muss ihn …«

»SCHNA … SCHNU … LB! … LB! … KS! KS!«, brabbelt der Zombie-Direktor tränenüberströmt.

Frau Schneider-Schnutzel lässt die Spitzhacke fallen und fällt ihm weinend um den Hals.

»Oh, mein armes Bärchen!«, wimmert sie schluchzend. »Ich könnte dir niemals den Schädel spalten!«

Sie drückt und herzt ihn immer wieder ganz fest und küsst schmatzend seine Stirn ab. Wir drehen uns alle leicht angewidert von den beiden weg. Lilly bückt sich nach der Spitzhacke.

»Vergiss es«, brumme ich sie an. »Köpfe zertrümmern ist erst mal vom Tisch.«

Es dauert eine ganze Weile, bis Frau Schneider-Schnutzel sich wieder beruhigt hat. Sie wendet sich an uns.

»Und ihr glaubt wirklich, dass ihr ihm helfen könnt?«, fragt sie mit verheulten Augen.

»Na ja«, sage ich. »Ich finde, wir sollten es zumindest versuchen.«

»Aber wie?«, hakt sie nach. »Ich meine, er ist ja trotzdem ein Zombie. Ich habe noch nie von einem Zombie gehört, der geheilt wurde.«

»So genau wissen wir das auch noch nicht«, sage ich.

»Wir verfügen aber über einige außergewöhnliche Ressourcen und Kontakte, die uns eventuell weiterhelfen könnten«, sagt Aaron. »Diesbezüglich waren wir vorhin auf dem Weg nach oben, um uns in Ruhe zu beraten. Beraten.«

»Kontakte?«, fragt Frau Schneider-Schnutzel. »Was sollen denn das für …«

Ein lautes Klopfen an der Tür unterbricht sie.

»Hallo?«, ertönt eine weibliche Stimme von draußen. »Frau Schneider-Schnutzel? Sind Sie dadrin?«

»Oh, verflixt«, wispert Frau Schneider-Schnutzel uns zu. »Die Trauergesellschaft. Die hab ich ja völlig vergessen.«

Sie geht schnell auf die Tür zu.

»Äh … ja!«, ruft sie. »Ich bin hier! Alles in Ordnung! Ich brauchte nur kurz etwas Zeit für mich! Ich komme sofort wieder zu Ihnen in den Saal! Gehen Sie ruhig schon vor, ich bin gleich bei Ihnen!«

»Das eilt nicht«, antwortet die Stimme von draußen. »Nehmen Sie sich ruhig alle Zeit, die Sie brauchen. Wir sind alle noch ganz mitgenommen.«

»Nein, nein, es geht schon wieder!«, antwortet Frau Schneider-Schnutzel. »Bis gleich!«

Wir hören, wie sich draußen Schritte entfernen, und atmen alle erleichtert auf.

»Also, ich muss jetzt erst mal da raus«, sagt Frau Schneider-Schnutzel. »Ich werde versuchen, die Gesellschaft so schnell wie möglich aufzulösen. Ihr könnt ja so lang schon mal hochgehen, ich komme dann nach, sobald alle weg sind.«

»Okay, so machen wir das«, sage ich.

Frau Schneider-Schnutzel drückt dem Zombie-Direktor noch einen Schmatzer auf die Stirn und verschwindet.

»Na, das kann ja noch lustig werden mit dieser Zombie-Killerin«, sage ich seufzend.

»Oh ja«, sagt Lilly grinsend. »Das wird es ganz sicher.«

Keine Pflanze

Mit einem Zombie Treppen hochzulaufen war doch schwerer, als ich dachte, wir mussten ihn quasi tragen.

Jetzt setzen wir den Direktor auf meinem Bett ab und atmen erst mal kräftig durch, als sich plötzlich jemand aus meiner Jackentasche meldet.

»Cornibus jetzt rauskommen?«

Oh, stimmt ja, er war die ganze Zeit noch als Maus dadrin, das hatte ich ganz vergessen.

»Ja, klar, komm raus«, sage ich. »Tut mir leid, dass es so lang gedauert hat.«

»Nicht schlimm«, sagt er. »Cornibus geschlafen.«

Er krabbelt auf meine Schulter und verwandelt sich in seine ursprüngliche Form. Sein Blick fällt auf unseren Zombie-Direktor.

»Cornibus nicht verstecken vor Nasenruß?«, fragt er.

»Hasenfuß«, verbessere ich ihn. »Nein, du musst dich heute nicht vor ihm verstecken. Er ist nicht in der Verfassung, um sich über einen sprechenden Hausdämon zu wundern.«

Cornibus springt von meiner Schulter auf das Bett und schnuppert an unserem Zombie-Direktor.

»Blasengruß komisch riechen«, sagt er. »Aber gut. Ein bisschen tot. Und ein bisschen nicht tot.«

»Genau das ist das Problem«, sage ich seufzend. »Er ist wohl gerade beides. Und wir müssen irgendwie hinkriegen, dass er nur noch *nicht* tot ist.«

»Das Buch«, sagt Aaron. »Du wolltest in deinem Buch nach einem passenden Spruch gucken. Spruch gucken.«

»Ach ja, stimmt«, sage ich. »Sorry, das hätte ich jetzt nach dem Auftritt unserer Zombiekiller-Sekretärin fast komplett vergessen.«

Ich gehe an meine Nachttischschublade, öffne sie und ziehe das Buch heraus. Als ich die Schublade wieder schließen will, meldet sich Cornibus zu Wort.

»Auch Schlotzolade in Schlupflade?«, fragt er erwartungsvoll. »Cornibus ganz ausverhungert.«

Ach ja, stimmt, wir waren in der Hölle, er hat großen Schokoladennachholbedarf.

»Natürlich habe ich Schokolade für dich, Cornibus«, sage ich.

Ich ziehe eine Tafel aus der Schublade, öffne sie und lege sie vor Cornibus aufs Bett. Er macht sich sofort daran, sie zu verputzen.

»So, dann wollen wir doch mal sehen, ob es hier irgendeinen Dämonenspruch gibt, der unseren Direktor wieder normal macht«, sage ich.

Die anderen versammeln sich hinter mir und spähen über meine Schultern. Ich halte das Buch vor mir in beiden Händen.

»Schade« sage ich. »Es schlägt sich nicht von allein auf.«

Manchmal macht es das und zeigt mir sofort einen passenden Spruch. Leider nicht immer, manchmal muss ich auch suchen, so wie jetzt.

Ich blättere langsam durch die Seiten.

»Oh, cool!«, sagt Lilly. »Da ist einer, mit dem man Äpfel in Handgranaten verwandeln kann!«

»Ja, super«, sage ich. »Das hilft uns nur gerade leider überhaupt nicht.«

Ich blättere weiter.

»Warte«, sagt Gustav irgendwann. »Eine Seite zurück. Da war was.«

Ich blättere die Seite um. Wir lesen gemeinsam den Spruch, der dort steht.

DIE GRÜNEN DAUMEN DER WIEDERBELEBUNG

Pflanzen neigen in der Anwesenheit von Höllenbewohnern oftmals zu schnellem Verfall. Meistens steckt aber noch ein Fünckchen Leben in ihnen, das im Bedarfsfall neu entfacht werden kann.

Alle vorhandenen Daumen so tief wie möglich in die eigenen Nasenlöcher einführen. Sollte die Anzahl der Nasenlöcher die der Daumen überschreiten, nebeneinanderliegende Nasenlöcher auswählen. Wenn alle Daumen komplett oder bis zum Anschlag versenkt sind, kräftig schnäuzen, anschließend die Daumen herausziehen. Den an den Daumen haftenden Schleim (vorzugsweise grün, aber nicht zwingend) in die betroffene Pflanze einreiben und dabei laut rufen:

Rotzgeschleim und Nasenkleister!
Weckt die toten Lebensgeister!

Anwendung bei akuten vegetarischen Heißhungerattacken, spontanem Tarnbedarf in offenem Gelände oder der Notwendigkeit, mit Zimmerpflanzen zu protzen.

»Das könnte doch klappen, oder?«, fragt Gustav.

»Aber da geht es um Pflanzen«, erwidere ich. »Ein Zombie ist doch keine Pflanze. Ein Zombie ist ein Mensch. Oder zumindest war er mal einer.«

»Das stimmt«, sagt Aaron. »Aber Pflanzen und Menschen haben einiges gemeinsam. Pflanzen leben und sterben wie wir. Sie atmen, agieren und reagieren, können sehen, riechen und fühlen und vieles mehr. Der größte Unterschied besteht allerdings darin, dass Pflanzen kein Gehirn haben. Gehirn haben.«

»Na ja«, sagt Lilly. »Sehr viel Gehirn dürfte bei unserem Zombie aktuell auch nicht vorhanden sein. Er ähnelt derzeit schon eher einem Gemüse als einem Menschen.«

»Ja«, stimmt Gustav zu. »Und es geht bei dem Spruch ja darum, Lebensgeister zu wecken. Das kann unser armer Direktor definitiv gebrauchen.«

»Okay, wenn ihr meint«, sage ich schulterzuckend. »Dann probieren wir das doch einfach mal. Freiwillige vor.«

»Vergiss es«, sagt Lilly grinsend. »Das ist *dein* Buch, das betonst du immer wieder, also machst *du* das auch.«

Ein fragender Blick zu Aaron und Gustav erzielt auch nicht die gewünschte Wirkung, beide kratzen sich verlegen an den Hinterköpfen und starren auf den Boden.

»Okay, na gut, dann mach ich das eben«, sage ich seufzend.

Ich lege das Buch beiseite und schiebe beide Daumen bis zum Anschlag in meine Nasenlöcher. Dann hole ich durch den Mund tief Luft und schnäuze mich, so kräftig ich kann. Im nächsten Moment sind nicht nur meine Daumen, sondern ebenfalls meine Handflächen voller Schleim.

»Boah, ist das eklig«, sagt Lilly angewidert. »Komm mir bloß nicht zu nah.«

»Sei froh, dass du kein Zombie bist«, erwidere ich grinsend.

Ich stelle mich vor unseren Zombie-Direktor.

»Es tut mir sehr leid«, sage ich. »Aber ich muss das tun.«

Ich verteile den Schleim mit beiden Daumen auf seinen Wangen und reibe ihn ein. Als ich fertig bin, trete ich zwei Schritte zurück. Die anderen stellen sich neben mich und wir warten gespannt darauf, dass etwas passiert.

Erst passiert nichts, aber dann richtet sich unser Zombie plötzlich kerzengerade auf. Seine Augen öffnen sich kurz weit, dann sieht er so aus, als müsste er jeden Augenblick niesen.

»Da!«, sagt Gustav. »Guckt mal!«

Er zeigt aufgeregt auf das Ohr unseres Direktors. Oha. Da schlängelt sich etwas Grünes heraus. Sieht aus wie eine kleine Efeuranke. Sie wird schnell immer größer und dicker und kriegt jetzt sogar Blätter.

»An der Nase auch!«, sagt Lilly.

Stimmt, aus seinen Nasenlöchern sprießt auch etwas Grünes. Und aus seinen Hosenbeinen. Und aus seinen Ärmeln. Und aus seinem Hemdkragen. Eigentlich aus jeder Öffnung seiner Kleidung. Und auf seinem Kopf entsteht gerade ein kleiner Rasen.

Unser Zombie-Direktor sieht aus wie ein Busch aus verschiedenen Pflanzenarten.

»Wahnsinn!«, sagt Lilly. »Guckt mal, da blüht sogar was!«

»Oh, wie schön«, sagt Gustav. »Ich glaube, das sind Apfelblüten.«

»Nein, das sind die Blüten eines Kirschbaums«, verbessert ihn Aaron. »Das Tempo der Entwicklung ist äußerst erstaunlich. Aber unser erhofftes Ergebnis ist das leider nicht. Leider nicht.«

»Moment«, sage ich. »Das wissen wir noch nicht.«

Ich gehe wieder näher an den Zombie-Direktor heran. Um seine Augen zu sehen, muss ich ein paar Zweige auseinanderschieben.

»Können Sie mich hören, Herr Direktor?«, frage ich. »Geht es Ihnen gut? Spüren Sie irgendeine Veränderung?«

»GRMBL! … MRKS! … BRMBL! … TRTL! …«, brabbelt er und es hört sich fast so an, als würde er mit uns schimpfen.

»Das war wohl nichts«, sage ich seufzend. »Vielleicht finde ich ja noch einen anderen Spruch.«

»Guck mal, ob du einen findest, mit dem man eine Heckenschere herzaubern kann«, sagt Lilly grinsend. »Der Herr Direktor braucht dringend einen Haarschnitt.«

Oh, stimmt, das Grünzeug wächst immer weiter, man sieht ihn kaum noch.

»Ich vermute stark, dass sich in der Erde, durch die er sich hochgegraben hat, jede Menge unterschiedliche Pflanzensamen befanden, die jetzt auf den Spruch reagieren. Reagieren«, sagt Aaron.

»Zieht doch mal dran«, schlage ich vor. »Vielleicht gehen sie ja ganz leicht wieder ab.«

Die anderen beginnen, an unserem Zombie herumzuzupfen, während ich weiter in meinem Buch blättere.

Aber sosehr ich mich bemühe – ich finde nichts. Seufzend klappe ich das Buch wieder zu.

»Nichts?«, fragt Gustav mit Blick zu mir.

»Nein, nichts«, sage ich. »Wir könnten sein Gewicht verzehnfachen. Oder ihm vier zusätzliche Arme wachsen lassen. Oder seine Ohren in Flügel verwandeln. Aber das hilft uns leider alles nicht weiter. Ich fürchte, wir brauchen höllische Hilfe.«

»Du willst Papa anrufen?«, fragt Lilly.

»Nicht, wenn es sich vermeiden lässt«, antworte ich. »Ich will ihn nicht wegen jeder Kleinigkeit hier hoch rufen, das nervt ihn nur.«

»Na ja, aber ein Zombie ist nicht unbedingt eine Kleinigkeit, finde ich«, sagt Gustav. »Das kann sehr gefährlich werden.«

»Was ist denn mit Auribus?«, schlägt Aaron vor. »Vielleicht kennt er sich ja mit Zombies aus. Zombies aus.«

Stimmt, Auribus, unser als Schulkrankenschwester getarnter Spion-Dämon. Er hatte bestimmt schon mal mit Zombies zu tun, vielleicht kann er uns helfen oder zumindest einen Rat geben.

»Sehr gute Idee!«, sage ich. »Wir fragen Auribus. Aber ist er überhaupt schon hier? Die Schule hat ja noch gar nicht angefangen, es gibt gar keine Arbeit für eine Schulkrankenschwester.«

»Ich kann ja mal nachgucken«, sagt Gustav.

»Alles klar, mach das«, sage ich. »Und wenn er da ist, bringst du ihn einfach mit hoch, dann kann er sich gleich selbst ein Bild ma…«

Ein Klopfen an der Tür unterbricht mich.

»Zwiebelsuppenschöpflöffel!«, ertönt eine Stimme von draußen. »Hört ihr? Das ist das international anerkannte und weltweit verwendete Wort, das beweist, dass man kein Zombie ist! Könnt ihr euch gleich merken! Zwiebelsuppenschöpflöffel! Das kann kein Zombie ordentlich aussprechen! Sagt es einmal laut, damit ich weiß, dass ihr keine Zombies seid! Zwiebelsuppenschöpflöffel!«

Okay, das ist Frau Schneider-Schnutzel.

»Löffelsuppenschöpfzwiebel!«, ruft Lilly laut.

Wir müssen alle kichern.

»Nein, nein!«, erwidert Frau Schneider-Schnutzel. »Zwiebelsuppenschöpflöffel!«

»Schöffelzwuppenlöpfwiebel!«, rufe ich.

»Was? Nein!«, ruft Frau Schneider-Schnutzel zurück. »Jetzt konzentriert euch doch mal! Es heißt … Ach, egal, ich komm jetzt rein!«

»Cornibus! Maus!«, zische ich Cornibus schnell zu.

Er verwandelt sich in eine Maus und verschwindet unter dem Bett.

Die Tür öffnet sich einen Spaltbreit und eine Machete schiebt sich hinein. Kurz danach erscheint der Kopf und dann der Rest von Frau Schneider-Schnutzel. Zumindest glaube ich, dass sie es ist. Sie hat sich umgezogen. Und mit irgendwas angemalt. Ihr Gesicht ist von braunen, grünen und schwarzen Flecken bedeckt. Auf dem Kopf trägt sie einen grünen Helm, aus dem ein paar grüne Zweige herausragen. Oje, war sie vielleicht in der Nähe, als ich den Spruch angewendet habe? Ihre Klamotten haben auch diese unterschiedlich farbigen Flecken, bis auf eine schwarze Weste, die eng über ihrer Jacke anliegt. An ihrem Gürtel hängen jede Menge Werkzeuge und Messer in allen möglichen Größen. Ihr Aufzug erinnert mich an irgendwas. Irgendwas aus der Hölle. Ach ja, jetzt hab ich's! Sie sieht aus wie einer dieser Jungs aus Abteilung 10b. Da sitzen bei uns die Skrupellosen Söldner, die für jeden kämpfen, der sie bezahlt.

Die werden bei uns auch in solche Fleckenanzüge gesteckt, nur dass die Westen bei uns so aussehen, als wären sie aus Gold. Und sie explodieren, wenn man dran zieht. Dann sagen wir ihnen, dass derjenige, der die meisten Westen erobern kann, sie behalten darf, und schon geht's rund.

Frau Schneider-Schnutzel tritt ins Zimmer und lässt zwei schwere Rucksäcke auf den Boden plumpsen.

»Ich habe meine Ausrüstung geholt«, sagt sie. »Greift ruhig zu, es müsste für jeden etwas dabei sein. Die Trauergesellschaft bin ich losgeworden. Ich habe ihnen eure Geschichte mit dem Scheintod aufgetischt und gesagt, dass der Herr Direktor erst mal ganz viel Ruhe braucht und niemanden sehen will. Zum Glück haben sie mir das abgekauft, sie sind alle weg. Ist bei euch alles in Ordnung so weit?«, fragt sie.

»Na ja, wie man's nimmt«, sage ich und zeige auf unseren Zombie-Direktor.

Die anderen konnten einiges an Gestrüpp von ihm entfernen, aber er sieht immer noch aus wie ein explodierter Busch.

Frau Schneider-Schnutzel lässt ihre Machete fallen, stürzt auf ihn zu und drückt ihn fest an sich.

»SCHNA … SCHNU … SCHNF …«, grunzt er.

»Oje, mein armes Bärchen!«, sagt sie und sieht uns vorwurfsvoll an. »Was habt ihr mit ihm gemacht?«

Wir tauschen ein paar ratlose Blicke aus. Auf diese Frage hat wohl niemand eine glaubhafte Antwort parat.

»Öh … Ähm … Na ja …«, sage ich. »Das ist einfach so passiert. Eben saß er noch als ganz normaler Zombie da und im nächsten Moment wuchsen ihm Blätter.«

»Vermutlich eine Nebenwirkung«, sagt Aaron. »Was auch immer ihn zum Zombie werden ließ, könnte auch den Pflanzenwuchs ausgelöst haben. Vielleicht handelt es sich um eine neue Zombiemutation. Eine Art Bio-Zombie. Bio-Zombie.«

»Hm, davon habe ich noch nie gehört«, sagt Frau Schneider-Schnutzel. »Und ich bin bestens vernetzt in der Zombie-Community. Aber diesen Biestern traue ich alles zu, von daher könntest du schon recht haben. Das muss ich möglichst bald im Forum posten, damit die anderen sich darauf einstellen können.«

»SCHNA … SCHNU … BS! … BS!«, krächzt unser Zombie-Direktor.

»Was? Nein, ich meinte doch nicht dich, Bärchen«, sagt Frau Schneider-Schnutzel und streichelt mit einer Hand sanft über seinen Rasen. »*Du* bist natürlich kein Biest. Du bist doch mein schnuckiputziges Bärch… Oh, sind das etwa Kirschen?«

Sie greift hinter sein Ohr und zieht einen Zweig hervor, an dem ein paar Kirschen hängen. Sie pflückt eine ab und stopft sie sich in den Mund.

»Mjam, die sind lecker!«, stellt sie fest. »Hast du die etwa extra für mich wachsen lassen, Bärchen? Das ist aber lieb von dir. Er weiß, wie sehr ich Kirschen liebe. Wollt ihr auch eine?«

Sie bricht den Zweig ab und streckt ihn uns entgegen.

»Äh … Nein … Danke …«, sage ich.

Ich weiß nicht, ob es eine gute Idee ist, etwas zu essen, das gerade aus einem Zombie herausgewachsen ist. Die anderen sehen das offenbar ähnlich und winken ab.

»SCHNA … SCHNU … KS! KS!«, krächzt unser Zombie-Direktor.

»Ja, du kriegst gleich einen Kuss, Bärchen«, sagt Frau Schneider-Schnutzel. »Aber dafür müssen wir erst mal deinen Mund von diesem Gestrüpp befreien.«

Sie fängt an, an ihm herumzuzupfen.

»Ihr könnt schon mal die Biss-sicheren Westen anziehen«, sagt sie nebenbei zu uns. »Es müssten in jedem Rucksack zwei Stück vorhanden sein.«

»Aber wofür brauchen wir die denn?«, frage ich. »Ich meine, er beißt ja offensichtlich nicht.«

»Das stimmt«, sagt sie. »Und das liegt wahrscheinlich an seiner sehr stark ausgeprägten, liebevollen Grundeinstellung. Aber wir wissen nicht, wie viele von diesen Biestern sich hier noch herumtreiben. Wenn ich aus jahrelanger Erfahrung etwas gelernt habe, dann das: Ein Zombie kommt selten allein.«

»Okay, und das heißt?«, frage ich. »Was machen wir denn jetzt?«

»Zuerst durchkämmen wir das komplette Schulgebäude«, antwortet Frau Schneider-Schnutzel. »Dafür teilen wir uns am besten auf. Wir müssen …«

Sie hört plötzlich auf zu reden, legt ihren Zeigefinger auf die Lippen und fingert hektisch an ihrem Gürtel herum.

»Nicht bewegen!«, flüstert sie mir mit einem strengen Blick zu.

Sie löst ein großes Messer von ihrem Gürtel, holt aus, zielt in meine Richtung und wirft. Das Messer bleibt vibrierend direkt neben meinem Fuß im Boden stecken.

»Mist, nicht erwischt!«, flucht Frau Schneider-Schnutzel. »Da war eine Maus. Ich hasse Mäuse.«

Uff! Das war wahrscheinlich Cornibus. Sie hätte ihn zwar nicht verletzen können, sein Fell ist unzerstörbar, aber wenn sie ihn getroffen hätte, wäre er mit Sicherheit sehr sauer geworden und hätte ihr den Kopf abgebissen. Und was wir gerade sicher nicht gebrauchen können, ist eine Schulsekretärin ohne Kopf.

»SCHNA … SCHNU … MS … KS!«, röchelt unser Zombie-Direktor.

»Ja, ich weiß«, säuselt Frau Schneider-Schnutzel. »Ich

bin dein Mäuschen und du willst einen Kuss. Kriegst du.«

Sie drückt ihre Lippen durch das Gestrüpp auf seine. Er kippt nach hinten, sie kippt mit.

»Oh, mein Bärchen«, säuselt sie. »Du riechst zwar erbärmlich, aber deine Lebensgeister sind ganz eindeutig noch vorhanden.«

Jetzt liegen sie aufeinander und sie schmatzt ihn immer wieder ab. Das ist kein schöner Anblick. Finden die anderen offenbar auch, jeder guckt krampfhaft angewidert irgendwohin, nur nicht zum Bett.

»Äh … Ich gehe dann mal runter«, sagt Gustav und bewegt sich Richtung Tür. »Ihr wisst schon … Nachgucken, ob unser … Freund … schon da ist.«

»Warte, ich komme mit!«, sagt Lilly.

»Ich auch! Auch!«, sagt Aaron.

»Und ich erst recht!«, stimme ich mit ein.

»Wo wollt ihr hin?«, fragt uns Frau Schneider-Schnutzel zwischen zwei Schmatzern hinterher.

»Äh … Wir haben eventuell einen … ähm … Zombie-Experten aufgetrieben, der uns helfen könnte«, sage ich. »Er wusste aber noch nicht, wann genau er hier eintrifft. Wir gucken jetzt unten mal nach, ob er schon da ist.«

»Ein Experte? Sehr gut, sehr gut!«, sagt Frau Schneider-Schnutzel. »Experten kann man nie genug haben.

Aber passt auf euch auf! Ich bewache so lang unseren zuckersüßen Schmuse-Zombie hier.«

»Äh … ja …«, sage ich. »Bis später.«

Wir verlassen so schnell wie möglich den Raum, ohne noch einmal zurückzublicken.

Eine Verschnaufpause

»Hallo, Mortimer? Steven hier! Kannst du mich hören? Die Verbindung ist gerade sehr schlecht! Mortimer?«

»STEVEN? BIST DU … **BUMM!** … BIST DU DAS?«

»Ja, ich bin's! Hörst du mich? Da sind ständig irgendwelche Störgeräusche!«

»DAS SIND KEINE … **RATATATAT!** … DAS SIND KEINE STÖRGERÄUSCHE! ICH BEFINDE MICH … **KRACH!** … BEFINDE MICH MITTEN IN EINEM … **PFIIIIII!** … IN EINEM KRIEGSGEBIET! ES IST ALSO GERADE ETWAS … **BUMM!** … ETWAS UNGÜNSTIG! ICH HABE … **PAFF!** … ICH HABE ALLE SENSEN VOLL ZU TUN!«

»Das tut mir leid! Ich versuche, mich so kurz wie möglich zu halten!«

»VERWALTEN? GEHT'S NOCH? ICH HABE GERADE ÜBERHAUPT KEINE … **RUMPEL!** … KEINE ZEIT FÜR EUREN BLÖDEN VERWALTUNGSKRAM! SORGT LIEBER MAL ENDLICH DAFÜR, DASS … **RATATATATAT!** … DASS DIESE KRIEGE

ENDLICH ABGESCHAFFT WERDEN! DAS HATTE MAN MIR LETZTES JAHRHUNDERT SCHON VERSPROCHEN!«

»Ja, ich weiß. Aber das liegt nicht an uns, da musst du dich an die zuständige Stelle ganz oben wenden!«

»DIE KÖNNEN MICH MAL SO LANGSAM, DIE DA GANZ … **KRACH!** … GANZ OBEN! ICH HABE DAS BEREITS NACH DEM 1. WELTKRIEG BEANTRAGT! UND NICHTS … **BUMM!** … NICHTS IST PASSIERT! VOLLIDIOTEN!«

»Da kann ich dir nur zustimmen! Ein sehr leidiges Thema! Aber darum geht es hier gerade nicht! Auch nicht um Verwaltungskram! Es geht um etwas anderes! Ich habe nur eine Frage! Dauert auch nicht lang! Wäre aber wichtig!«

»OKAY! … ABER WIRKLICH NUR GANZ KURZ! … WARTE! … ICH SUCHE MIR SCHNELL EIN … **PENG!** … EIN RUHIGERES PLÄTZCHEN! … BLEIB DRAN!«

»Alles klar, ich warte. Wie gesagt, dauert auch nicht …«

»So, jetzt geht's. Hörst du mich noch?«

»Ja, klar und deutlich. Prima, danke, dass du dir kurz Zeit für mich nimmst.«

»Grundsätzlich immer gern. Und ich kann eine Verschnaufpause wahrlich gut gebrauchen. Die drehen total durch hier, ich komme kaum noch hinterher. Kriege sind echt die schlimmste und bescheuertste Erfindung aller Zeiten. Was der CEO sich dabei gedacht hat, werde ich nie kapieren. Dieser Volltrottel.«

»Da kann ich dir nur voll und ganz zustimmen. Reg dich nicht auf, bringt ja doch nichts.«

»Ja, hast ja recht. Nervt nur wie Sau, weil ich mich immer persönlich darum kümmern muss. Aber egal, du hast eine Frage?«

»Ja, Folgendes: Ich habe hier unten eine Fehlermeldung. So, wie es aussieht, gibt es oben einen Irrläufer.«

»Ein Zombie? Oh, Mann. War ja klar, dass da irgendwas schiefgeht. Lass mich raten: Es geht um Sektor 270566181182131277?«

»Stimmt genau. Woher weißt du …«

»Das war Paulchen, mein Sorgenkind.«

»Paulchen? Einer deiner Todesbengel?«

»Genau. Leider nicht gerade der hellste. Er baut ständig Mist, holt Leute zu früh oder viel zu spät und bringt sie dann auch noch hoch statt runter oder runter statt hoch oder was weiß ich wohin. In den letzten Jahren hat er sich ein paar ganz dicke Klopse geleistet. Ich sage nur: David Bowie und Prince.«

»Oha. Das war Paulchen?«

»Oh ja. Ich weiß bis heute nicht, wo er die beiden untergebracht hat, sie sind einfach verschwunden.«

»Immerhin sind sie keine Zombies, das hätte mein Warnsystem angezeigt.«

»Wenigstens das. Aber jetzt hat er ja offenbar doch einen produziert. Ich weiß nicht, wie er so was immer wieder anstellt. Wahrscheinlich weiß er es selbst nicht, dieser kleine Dummkopf. Eigentlich ist er absolut ungeeignet für diese Arbeit. Aber ich kann es mir nicht leisten, ihn zu feuern. Du weißt, wie schwierig es mit dem Todesbengel-Nachwuchs ist, diesen Job will ja niemand mehr machen. Und deshalb brauche ich jeden einzelnen, selbst Paulchen. Nach dieser Bowie-Prince-Angelegenheit habe ich ihn natürlich vorsichtshalber sofort versetzt. In Sektor 27056618118213l277 wird nicht viel gestorben, da kann er nicht viel falsch machen. Dachte ich. Und dann produziert er einen Zombie, dieser kleine Trottel.«

»Na, so schlimm ist es auch nicht, ist ja nur ein einziger. Aber bevor es mehr werden, müsste sich doch jemand schnell drum kümmern. Kriegst du das irgendwie hin?«

»Ich? Haha! Du bist witzig! Wie soll ich das denn machen? Ich kann hier nicht weg, keine Chance. Das müsst ihr schon selbst erledigen. Oder, nein, eigentlich muss Paulchen das korrigieren, er hat es ja auch verbockt.«

»Okay, und wie erreiche ich ihn?«

»Von da unten aus jedenfalls nicht. Das muss jemand oben machen. Paulchen versteckt sich gern, besonders wenn er Mist gebaut hat. Aber es gibt ein altes Ritual, das ihn zwingt, sich zu zeigen.«

»Aha, okay. Und wie funktioniert das?«

»Man muss einen Kreis aus Asche auf den Boden streuen. Und dann gibt es einen Spruch, der ihn zwingend an diesen Ort transportiert.«

»Kreis aus Asche, alles klar. Und wie lautet der Spruch?«

»Du hast was zum Schreiben?«

»Ja.«

»Okay, ich diktiere …«

Surfbrett vergessen

»Puh, da drinnen hätte ich es keine Sekunde länger ausgehalten«, stöhnt Lilly, als wir uns auf der Treppe nach unten befinden. »Wenn die das immer noch machen, wenn wir zurückkommen, darf ich dann meine Streitaxt holen?«

»Nein, darfst du nicht«, sage ich grinsend. »Aber ich kann dich gut verstehen.«

Etwas kitzelt mich am Hals. Ich drehe meinen Kopf und sehe Cornibus als Maus auf meiner Schulter sitzen. Er muss an mir hochgekrabbelt sein, kurz bevor wir das Zimmer verlassen haben.

»Ah, sehr gut, du bist also auch geflüchtet«, sage ich lachend.

»Cornibus nicht verflüchtelt«, sagt er. »Schlotzolade alle. Luzie mehr Schlotzolade?«

»Du kriegst nachher noch was«, sage ich. »Jetzt müssen wir erst mal zu Auribus. Falls er überhaupt da ist.«

Cornibus springt von meiner Schulter, verwandelt sich in einen Schäferhund und läuft schnüffelnd vor uns her.

»Auribus da«, sagt er. »Gerade aus Hölle gekommen. Cornibus riechen. Und Schwertbusklips.«

»Du meinst sicher Erdnussflips«, verbessere ich ihn. »Aber gut zu wissen, dass er schon da ist. Dann hoffen wir mal, dass er uns helfen kann.«

Die Tür der Krankenstation ist nur angelehnt, von innen dringen seltsame Geräusche zu uns nach draußen.

»GRGL! SCHMTZ! CRNCH! MJM!«

»Oh, nein«, flüstert Gustav entsetzt. »Es hat ihn erwischt, er ist auch ein Zombie.«

Ich greife nach der Klinke und ziehe die Tür langsam auf. Dahinter steht Auribus in seiner ursprünglichen Form, nicht als Schwester Miriam, mit dem Rücken zu uns und gibt weiter diese Geräusche von sich.

»SCHMTZ! GRGL! CRNCH! MJM!«

Ich betrete das Zimmer und nähere mich ihm vorsichtig. Als ich direkt hinter ihm stehe, tippe ich ihm auf die Schulter.

»Ähm … Auri …«

»AAAAAAAH!«, schreit er erschreckt auf und dreht sich ruckartig um. Sein Mund ist prall gefüllt, in der rechten Hand hält er eine große Tüte Erdnussflips.

»Lutfi!«, sagt er erleichtert aufatmend und ein paar Flips purzeln dabei aus seinem Mund. »Jetft hab if mif aber erfreckt!«

Wir lachen alle erleichtert auf.

»Na, und wir uns erst!«, erwidere ich. »Wir dachten, du wärst ein Zombie!«

»Ein Fombie?«, sagt er. »Wiefo denn ein Fombie? If war noch nie ein Fombie.«

»Das erklären wir dir gleich«, antworte ich. »Deshalb sind wir nämlich hier. Aber wieso bist du denn eigentlich schon in St. Fidibus? Die Schule fängt doch erst nächste Woche wieder an.«

»If bin ein Fpion-Dämon«, sagt er und schiebt sich eine Handvoll Flips in den Mund. »If wuffte, daff du heute furückkommft. Und wenn du hier bift, bin if auch hier.«

Die nächste Ladung Flips landet in seinem Mund und teilweise auf dem Boden.

»Jetzt hör doch mal auf, dir den Mund so mit Flips vollzustopfen«, fordert Lilly. »Man versteht ja kein einziges Wort.«

»Daf geht nift«, sagt Auribus. »Wenn if einmal angefangen habe, kann if erft aufhören, wenn keine mehr da find. Die find fo lecker. Daf ift auch ein Grund, wefhalb if fon wieder oben bin. If bin füchtig nach diefen Dingern. Daf ift fon die fweite Tüte, feit if angekommen bin. Und daf war erft vor fünf Minuten.«

»Ich finde das äußerst verständlich«, sagt Lilly. »Ich mag die auch sehr. Kann ich ein paar?«

Sie greift nach der Tüte, Auribus zieht sie ruckartig weg.

»Finger weg! Daf find meine ganf alleine!«, quiekt er empört auf und stopft sich hektisch noch eine Handvoll in den Mund. »Hol dir doch felbft welfe!«

»Jetzt sei nicht so geizig!«, motzt Lilly. »Ich will doch nur zwei!«

»Kriegft du aber nift!«, erwidert Auribus.

Währenddessen hat sich Cornibus in einen kleinen Ameisenbären verwandelt, der die Flips einsaugt, die auf den Boden gefallen sind.

»Pfffff«, erwidert Lilly schmollend. »Dann behalt doch deine blöden Flips. Onkel Wolfram hat in seinem Schulkiosk jede Menge davon. Da hol ich mir nachher eine Tüte. Und die esse ich dann ganz allein.«

»Hat er nift«, nuschelt Auribus kleinlaut. »Waf glaubft du, wo if die herhabe? Forry, if kaufe morgen neue, dann erfetfe if fie.«

»War's das dann mit den blöden Flips?«, frage ich leicht genervt. »Wir haben andere Probleme.«

»Moment, bin gleif fo weit«, sagt Auribus.

Er legt seinen Kopf in den Nacken, hält die Tüte über seinen Mund und lässt die restlichen Flips in seinen Schlund rieseln.

»Fo«, sagt er und schluckt den letzten Rest runter. »Jetzt bin ich ganz bei euch. Was ist los? Wie kann ich euch helfen? Ihr sagtet irgendwas von Zombies?«

»Es ist nur einer«, sagt Gustav. »Bis jetzt.«

»Verstehe«, sagt Auribus. »Und jetzt wollt ihr, dass ich ihm den Schädel zertrümmere, bevor es noch mehr werden.«

»Nein«, sagt Lilly mit vorwurfsvollem Blick zu mir. »Das könnte *ich* auch machen. Aber man lässt mich ja nicht.«

»Aus gutem Grund«, sage ich. »Es handelt sich bei dem Zombie um Direktor Hasenfuß. Wir würden ihn lieber retten, als ihn endgültig umzubringen. Kennst du dich mit so was aus?«

»Öh … Na ja … Zombies retten …«, antwortet Auribus und kratzt sich dabei verlegen am Hinterkopf. »Wisst ihr … Als es in der Spion-Ausbildung um Zombies ging, habe ich leider geschwänzt. Ich fand Zombies schon immer irgendwie … langweilig.«

»Hm, okay, das ist natürlich blöd«, sage ich. »Aber vielleicht fällt dir ja trotzdem etwas ein. Könntest du ihn dir wenigstens mal angucken? Er ist oben bei mir.«

»Er hat noch nicht versucht, uns zu beißen«, fügt Aaron hinzu. »Daher besteht noch Hoffnung, dass sich sein Zustand nicht verbreitet. Verbreitet.«

»Ja, klar, gucken kann ich gern mal«, sagt Auribus. »Vielleicht fällt mir ja doch irgendwas ein. Wir Spion-Dämonen sind allerdings eher dafür ausgebildet, Leben zu beenden, als zu retten. In meinem Killerkommando-Kurs war ich Klassenbester!«

»Äh … Ja … Glückwunsch«, sage ich. »Aber genau das wollen wir ja vermeiden. Sollen wir dann gleich hochgehen?«

»Nichts dagegen«, sagt Auribus.

»Er müsste sich noch verwandeln, oder?«, sagt Gustav. »Frau Schneider-Schnutzel ist doch auch oben.«

»Stimmt«, sage ich. »Sie ist ein bisschen schräg drauf, was diese ganze Zombie-Geschichte betrifft, also wundere dich nicht. Wir haben ihr erzählt, dass wir einen Zombie-Experten mitbringen. Du müsstest dich also bitte in einen Zombie-Experten verwandeln.«

»Okay, kein Problem«, sagt Auribus. »Im Verwandeln war ich schließlich auch Klassenbester.«

Er kneift die Augen fest zusammen und produziert stöhnende Geräusche, als würde er auf dem Klo sitzen. Sein Körper beginnt zu morphen. Als er fertig ist, steht ein braun gebrannter, muskelbepackter Jüngling mit blonden Locken vor uns.

»Du hast das Surfbrett vergessen«, sagt Lilly kichernd. »Und der nächste Strand ist Hunderte Kilometer entfernt.«

»Nicht gut?«, fragt Auribus. »Ich weiß nicht, wie ein Zombie-Experte aussieht.«

»Irgendwie nerdiger, würde ich sagen«, sagt Gustav.

»Älter«, fügt Aaron hinzu. »Eine Brille könnte nicht schaden. Und ein Cord-Jackett. Das unterstreicht den Expertenstatus. Expertenstatus.«

»Hosenträger wären auch nicht schlecht«, schlägt Lilly vor. »Und leicht abstehende Haare. So ein bisschen verrückter Professor, das kommt immer gut.«

»Alles klar, ich versuch's mal«, sagt Auribus.

Zwei Minuten später steht ein älterer Mann mit wirrer Frisur vor uns.

»Besser?«, fragt Auribus.

»Ja«, sagt Lilly. »Ob die Schneider-Schnutzel uns das abkauft, ist eine andere Frage.«

»Das werden wir ja gleich sehen«, sage ich. »Lasst uns wieder hochgehen.«

Als wir vor meinem Zimmer ankommen, hören wir von drinnen wieder diese fiesen Grunz- und Schmatzgeräusche.

»Oh Mann«, stöhnt Lilly. »Die schlabbern sich ja immer noch ab. Hat jemand eine Augenbinde für mich? Ich will das nicht sehen.«

»*Niemand* will das sehen«, sage ich. »Aber es hilft ja nichts, wir müssen da rein.«

Ich wende mich an Cornibus, der immer noch als Ameisenbär auf dem Boden herumschnüffelt.

»Verwandele dich bitte wieder in eine Maus, Cornibus«, sage ich. »Aber bleib vorsichtshalber in meiner Tasche. Ich habe keine Lust, eins von Frau Schneider-Schnutzels Messern im Fuß zu haben.«

Er verwandelt sich, krabbelt an mir hoch und verschwindet in meiner Tasche. Ich öffne die Tür. Und schließe sie sofort ruckartig wieder.

»Äh … Leute?«, sage ich. »Ich fürchte, wir haben ein Problem. Geht mal lieber ein Stück zurück.«

Alle treten ein paar Schritte nach hinten. Ich öffne die Tür erneut. Direkt dahinter stehen Direktor Hasenfuß und Frau Schneider-Schnutzel, die jetzt offensichtlich auch ein Zombie ist.

»GRGL … SCHMTZ! … KS! … KS!«, grunzt sie uns entgegen.

»Oh, verdammt«, brummt Lilly. »Jetzt haben wir zwei von denen am Hals. Der Zombie-Direktor ist offenbar doch ansteckend.«

Die zwei Zombies rücken auf uns zu, wobei beide uns ihre zu einem Kussmund geformten Lippen entgegenstrecken.

»KS! … KS! … SCHMTZ! … KS!«, grunzen beide fast im Chor.

»Das ist nicht gut«, sagt Gustav ängstlich, während wir weiter zurückweichen. »Das ist gar nicht gut.«

»Ich habe eine Vermutung«, sagt Aaron. »Normalerweise stecken Zombies andere durch einen Biss an, was vermuten lässt, dass die ansteckenden Bakterien oder Viren sich im Mundbereich befinden. Es könnte also genauso gut sein, dass sie sich durch Küssen verbreiten, denn das haben diese beiden ausgiebig praktiziert. Ich rate demnach dringend davon ab, einen Zombie zu küssen. Zu küssen.«

»Hatte ich auch nicht vor«, sagt Lilly angeekelt. »Aber sag das mal den beiden da. Die haben offenbar vor, jeden Einzelnen von uns ordentlich abzuschlabbern.«

»KS! … KS! … SCHMTZ! … KS!«, grunzen die beiden Zombies, während sie weiter mit gespitzten Lippen auf uns zurücken.

»Ich musste bei einer Geheim-Mission mal einen Knoblauch-Dämon küssen«, sagt Auribus angewidert. »Das war schon äußerst fies. Von den beiden geküsst zu werden, stelle ich mir aber noch fieser vor.«

Wir rücken immer weiter rückwärts und sind jetzt schon fast an der großen Treppe, die nach unten führt.

»Was machen wir denn jetzt?«, frage ich. »Wir dürfen ihnen nicht zu nah kommen. Aber wir können sie ja auch schlecht einfach so rumlaufen lassen. Wer weiß, wen sie dann alles küssen.«

»Ich habe eine Idee«, sagt Aaron. »Bin gleich wieder da. Wieder da.«

Er tritt noch ein paar Schritte zurück, nimmt Anlauf und schlittert über den glatten Boden auf dem Bauch auf die Beine von Frau Schneider-Schnutzel zu. Als er durchgeflutscht ist, steht er schnell auf und flitzt in sein Zimmer am Ende des Gangs.

Als er wieder rauskommt, hat etwas Rundes in der Hand.

»Gaffa-Tape!«, ruft er grinsend. »Damit kann man alles reparieren. Und befestigen. Und abdichten. Abdichten.«

Er wirft die Rolle über die beiden Zombies, Lilly fängt sie geschickt auf.

»Einfach abreißen und ihre Münder damit zukleben«, sagt Aaron, der jetzt direkt hinter den Zombies steht. »Aber passt auf, dass ihr ihnen nicht zu nah kommt. Sie könnten spucken. Spucken.«

»Also, *ich* mache das ganz sicher nicht«, sagt Lilly. »Keine Lust, von einem Zombie angesabbert zu werden.«

Sie guckt mit der Rolle in der Hand fragend von einem zum anderen.

»Auf gar keinen Fall«, sagt Gustav. »Das ist mir zu gefährlich.«

Ich verspüre auch nicht gerade große Lust, diesen Schmatz-Zombies näher zu kommen als nötig. »Na, wie sieht's aus, großer Spion-Dämon?«, frage ich Auribus. »Oder hast du beim Mundzukleben auch geschwänzt?«

»Nein, hab ich nicht«, sagt Auribus. »Da war ich natürlich auch Klassenbester. Gib her.«

Er nimmt die Rolle, reißt zwei Streifen Klebeband ab und klebt sie sich an die linke Hand.

»Es kommt nur auf die richtige Technik an«, sagt er und zwinkert uns zu. »Dann ist das gar kein Problem.«

Er verwandelt sich in seine ursprüngliche Form und macht angestrengte Geräusche. Seine Arme werden plötzlich länger, so lang, bis sie die Zombies erreichen. Er klebt jeweils einen Streifen über die Kussmünder und drückt sie mit beiden Händen fest an.

»Warte!«, sagt Aaron. »Lenk sie noch ein bisschen ab! Bisschen ab!«

Er flitzt zurück in sein Zimmer.

»Ablenken?«, fragt Auribus mit Blick zu uns. »Wie lenkt man denn Zombies ab?«

»Keine Ahnung«, sagt Lilly. »Versuch's mal mit Tanzen. Oder sing ein Lied. Vielleicht mögen Zombies ja Musik.«

»Okay«, sagt Auribus. »Im Singen hatte ich auch eine Eins, das müsste klappen. Und ich habe sogar ein passendes Lied.«

Er räuspert sich kurz und holt tief Luft.

»KÜSSEN VERBOTEN!«, grölt er den Zombies entgegen. »STRENG VERBOTEN!«

Wir halten uns die Ohren zu. Das ist mit Sicherheit das schlimmste Gejaule, das ich jemals gehört habe. Es ist sogar hundertmal schlimmer als das, was bei uns unten die Miesen Musikkritiker in Abteilung 66a pausenlos zu hören bekommen – und das lässt schon reihenweise Trommelfelle explodieren.

»KÜSSEN IST BEI MIR NICHT ERLAUBT!«, jault Auribus weiter.

»Du sollst sie nur ablenken, nicht in den Wahnsinn treiben!«, ruft Lilly ihm zu.

»Es scheint aber zu funktionieren!«, ruft Gustav.

Stimmt, die Blicke unserer beiden Zombies sind starr auf Auribus gerichtet.

»KÜSSEN VERBOTEN! KÜSSEN VERBOTEN!«, grölt Auribus weiter.

»AARON! BEEIL DICH!«, ruft Lilly. »DAS IST NICHT AUSZUHALTEN!«

»BIN GLEICH DA! GLEICH DA!«, ruft Aaron zurück.

Kurz darauf flitzt er aus seinem Zimmer, in der Hand zwei lange Bänder aus Plastik.

»Das sind Kabelbinder«, erklärt er, als er hinter den Zombies steht. »Die sind eigentlich dafür gedacht, Kabel zusammenzubinden. Aber zum Fesseln sind sie auch perfekt. Perfekt.«

Er schnürt die Hände der Zombies jeweils hinter ihren Rücken zusammen.

»So, jetzt können sie sich das Klebeband nicht selbst vom Mund reißen. Mund reißen«, sagt er zufrieden grinsend.

»KÜSSEN VERBOTEN!«, grölt Auribus weiter. »KÜSSEN VER…«

»WENN DU NICHT SOFORT MIT DEM GEJAULE AUFHÖRST, HOLE ICH MEINE STREITAXT!«, schreit Lilly ihn an. »UND NIEMAND WIRD MICH DAVON ABHALTEN!«

Auribus schließt augenblicklich seinen Mund.

Die Zombies bewegen sich wieder auf uns zu.

»Wieso sieht der Direktor eigentlich aus wie ein wandelnder Obstgarten?«, fragt Auribus während er sich wieder in den Zombieexperten verwandelt.

»Das waren wir«, antworte ich. »Wir wollten ihn mit einem Dämonenspruch wieder lebendig machen, das hat aber leider nicht geklappt.«

»Oh, okay«, sagt Auribus. »Ich hätte jetzt auch vorgeschlagen, es mit einem Dämonenspruch zu versuchen.«

»Es gibt leider keinen passenden«, sage ich seufzend. »Wir müssen uns etwas anderes einfallen lassen.«

»Ich schlage vor, wir bringen sie erst mal zurück in dein Zimmer«, sagt Aaron. »Wer weiß, wer hier noch alles auftaucht. Es gibt einige Schüler, die früher aus den Ferien zurückkommen. Zurückkommen.«

»Ja, sicher ist sicher«, sage ich. »Los, kommt, ihr zwei.«

Ich drehe die beiden Zombies um und schubse sie sanft in Richtung meines Zimmers.

Toxischer Sondermüll

»Ich hatte mal einen Auftrag in Afrika«, sagt Auribus. »Da gab es einen Trank, der tote Elefanten wieder aufwecken konnte. Ich glaube, ich weiß die Zutaten noch. Ich bräuchte dafür nur ein Büschel Giraffenhaar, einen halben Liter Nilpferdspeichel und drei Gramm bei Vollmond ausgeschiedenen Kot einer schwangeren Löwin.«

»Nein, lass mal«, sage ich. »Keine Experimente mehr. Am Ende wachsen den beiden Rüssel, das macht alles nur noch komplizierter. Wir brauchen eine einfache, hier durchführbare und garantiert wirksame Lösung.«

»Dann bleibt nur meine Streitaxt«, sagt Lilly.

»Eine Lösung, die beide am Leben erhält«, erwidere ich. »Aber mir fällt leider auch nichts ein. Ich fürchte, uns bleibt tatsächlich nur noch eins übrig: Ich hätte das ja gern geregelt, ohne ihn damit zu belästigen, aber wir müssen wohl Papa holen.«

»Der sich dann meine Streitaxt ausleihen und kurzen Prozess mit ihnen machen wird«, sagt Lilly. »Das kannst du auch schneller haben.«

»Nein, ihm fällt sicher etwas ein, um die beiden wieder zum Leben zu erwecken«, sage ich. »Wahrscheinlich muss er nur einmal mit dem Finger schnippen und schon ist alles okay.«

»Ich denke, das ist die beste Lösung«, stimmt Aaron mir zu. »Mit irdischen Mitteln kommen wir hier ganz sicher nicht weiter. Nicht weiter.«

»Okay«, sage ich seufzend. »Dann rufe ich ihn gleich mal an.«

Ich gehe auf meinen Nachttisch zu, um die Uhr zu holen, die Steven mir gegeben hat, um ihn im Notfall kontaktieren zu können, als plötzlich aus der Schublade ein Piepen zu hören ist. Ich zucke erschreckt zurück.

»Cornibus?«, frage ich verwundert. »Bist du dadrin?«

»Cornibus hier«, antwortet mir eine Spinne an der Decke. »Aber Schlotzolade in Schlupflade.«

»Schokolade piept aber nicht«, erwidere ich. »Das muss etwas anderes sein.«

Ich ziehe die Schublade vorsichtig auf. Oh, das ist ja die Uhr, die da so piept. Stimmt, das Geräusch kam mir irgendwie bekannt vor. Auf dem Display ist Stevens Gesicht zu sehen.

»Was für ein Zufall«, sage ich zu den anderen und ziehe die

Uhr grinsend heraus. »Steven ruft sowieso gerade an, sehr praktisch.«

Ich drücke den grünen Hörer auf dem Display.

»Hallo, Luzie!«, begrüßt mich Steven.

»Hallo, Steven!«, grüße ich zurück. »Alles okay bei euch?«

»Bei uns schon«, antwortet er. »Aber bei euch oben könnte es ein Problem geben, und zwar direkt in eurer näheren Umgebung. Es hat eine Weile gedauert, bis ich herausgefunden habe, wo genau Sektor 270566181182131277 liegt. Umso erfreuter war ich, als ich festgestellt habe, dass das genau eure Gegend ist. Jetzt muss ich nicht extra selbst hoch und kann euch erst mal fragen. Sag mal, ist euch zufällig ein Zombie über den Weg gelaufen?«

»Einer?«, erwidere ich. »Hier sitzen gerade zwei auf meinem Bett.«

Ich drehe die Uhr so, dass Steven unsere Zombies sehen kann.

»Genau deshalb wollte ich dich gerade auch anrufen«, sage ich.

»Es sind schon zwei?«, sagt Steven verwundert. »Wieso wird mir das denn hier nicht angez… Ah, eben ist das Licht angegangen, da gibt es wohl eine Verzögerung bei der Meldung. Okay, also zwei Zombies. Das ist nicht gut.«

»Das sind unser Direktor und seine Sekretärin«, erkläre ich. »Und wir würden sie gern retten. Wir haben schon was versucht, das hat aber nicht funktioniert. Weißt du vielleicht zufällig, wie wir sie wiederbeleben können?«

»Nicht genau, nein«, sagt Steven. »Aber es gibt jemanden, der das kann. Genau genommen ist er der Einzige, der euch aktuell helfen kann. Es ist derjenige, der das auch verbockt hat. Sein Name ist Paulchen. Er ist einer von Mortimers Todesbengeln und er hat offenbar nicht zum ersten Mal Mist gebaut.«

Oh, okay, verstehe. Ein Todesbengel, also. Hätte ich mir eigentlich auch denken können. Das sind die Jungs, die die Leute hier oben abholen und verteilen, wenn sie sterben. Ab und zu sieht man welche in der Hölle, in der Cafeteria. Aber sie bleiben meistens unter sich. Ich hatte immer den Eindruck, dass sie sehr arrogant sind und denken, sie seien etwas Besseres als normale Dämonen. Vermutlich, weil sie diese besondere Aufgabe haben und nicht jeder ein Todesbengel werden kann. Da gibt es irgendein spezielles Auswahlverfahren, das nur ihr Chef, Mortimer, kennt, das soll ziemlich kompliziert sein. Mortimer selbst habe ich nur einmal gesehen, er ist ein alter Freund von Papa und scheint ganz nett zu sein.

»Kann Mortimer nicht selbst kommen?«, frage ich

deshalb. »Für ihn sind so zwei Zombies doch wahrscheinlich ein Klacks.«

»Nein, das geht leider nicht«, antwortet Steven. »Er hat gerade viel zu tun und kann nicht weg.«

»Okay, Mist«, sage ich seufzend. »Und wie läuft das dann mit diesem Paulchen? Kommt er einfach zu uns?«

»Nein, ganz so einfach ist das nicht«, antwortet Steven. »Er ist etwas scheu, hat Mortimer gesagt. Ihr müsst ihn rufen, mit einem Ritual. Ich erklär's dir. Hast du was zum Schreiben?«

»Ich hab was. Hab was«, sagt Aaron.

Er zieht einen Notizblock und einen Stift aus seiner Tasche.

»Alles klar, schieß los«, sage ich zu Steven.

Er erklärt uns die Prozedur genau, Aaron schreibt mit. Sehr kompliziert ist sie nicht, das läuft so ähnlich wie bei den Dämonensprüchen.

»Das kriegen wir hin«, sage ich. »Und was machen wir dann mit diesem Paulchen, wenn er hier ist?«

»Das weiß ich leider auch nicht genau«, antwortet Steven. »Mortimer hat gesagt, er könnte das mit den Zombies korrigieren.«

»Okay, hoffentlich hat er recht«, sage ich. »Wir probieren das gleich mal.«

»Gut«, sagt Steven. »Haltet mich bitte auf dem Laufenden.«

»Machen wir«, sage ich. »Bis später.«

Ich drücke auf den roten Hörer an der Uhr und wende mich an die anderen.

»Dann lasst uns mal diesen Todesbengel rufen«, sage ich. »Wie war das? Wir müssen einen Kreis aus Asche auf den Boden streuen? Das sollte kein Problem sein.«

»Vorausgesetzt, man verfügt über eine ausreichende Menge an Asche. Asche«, sagt Aaron.

Oh, stimmt. Daran habe ich jetzt gar nicht gedacht. Haben wir überhaupt Asche? Bei uns unten fliegt überall Asche herum, weil ständig etwas brennt. Da muss man sich nur bücken und schon hat man beide Hände voll. Aber hier oben brennt es ja so selten, und wenn, wird sofort gelöscht. Mist.

»Verdammt«, sage ich. »Aaron hat recht. Wo kriegen wir denn die Asche her?«

»Das ist doch ganz einfach«, sagt Lilly grinsend. »Wir verbrennen einfach Luzies Unterhosen. Das wollte ich schon längst mal machen.«

»Das ist leider nicht zielführend«, sagt Aaron. »Die würden sofort ohne Rückstände in einer Stichflamme explodieren. Außerdem darf man toxischen Sondermüll nicht einfach so verbrennen. Verbrennen.«

Lilly, Aaron und Gustav fangen an zu lachen und selbst die Zombies scheinen kurz zu kichern.

»Haha, sehr lustig«, brummele ich. »*Ihr* seid toxischer Sondermüll. Und nicht gerade hilfreich. Wir brauchen unbedingt Asche, keine blöden Witze.«

»Nur die Ruhe, Bruderherz«, sagt Lilly. »Ich weiß, wo wir Asche herkriegen. Onkel Wolfram regt sich immer darüber auf, dass er unseren Kugelgrill erst sauber machen muss, wenn er grillen will. Ich bin mir also ziemlich sicher, dass unser Grill voller Asche ist, das müsste locker für einen Kreis reichen.«

»Sehr gut«, sage ich. »Kannst du sie holen?«

»Klar, kein Problem«, sagt Lilly. »Der Grill steht in Onkel Wolframs Geräteschuppen.«

»Ich helfe dir«, sagt Gustav.

Die beiden flitzen aus dem Zimmer.

»Es gab zwar keine genauen Angaben dazu, wie groß der Kreis sein soll, aber vielleicht sollten wir vorsichtshalber etwas Platz schaffen. Platz schaffen«, schlägt Aaron vor.

Wir fangen an, Möbel auseinanderzuschieben, und rollen den kleinen Teppich vor meinem Bett zusammen.

»Reicht das?«, fragt Aaron. »Wie groß ist denn so ein Todesbengel? Todesbengel?«

»Ach, die sind nicht groß«, antworte ich. »Ungefähr wie ein menschliches Kleinkind, würde ich sagen.«

Wir hören ein Rumpeln draußen auf dem Flur.

»Du musst die Hand drunterhalten!«, hören wir Lilly meckern. »Das rieselt doch alles raus!«

»Das rieselt die ganze Zeit schon raus«, erwidert Gustav. »Der Grill hat unten ein Loch, dafür kann ich doch nichts. Wir haben das ganze Treppenhaus eingesaut.«

»Das machen wir später sauber«, sagt Lilly. »Hoffentlich ist jetzt noch genug Asche drin.«

Die Tür öffnet sich, die beiden kommen mit einem großen runden Ding herein. Ah, deshalb heißt das Kugelgrill. So was Ähnliches gibt es bei uns unten auch, da kann man sich reinsetzen und im großen Lavasee herumschippern.

»So, mal gucken, was noch übrig ist«, sagt Lilly. »Wir haben einiges unterwegs verloren.«

Sie hebt die obere Hälfte der Kugel ab, wir gucken alle hinein.

»Das sollte für einen Kreis genügen. Genügen«, sagt Aaron.

»Ich habe auch gleich eine kleine Schippe mitgebracht«, sagt Lilly.

Sie fängt an, die Asche aus dem Grill zu schippen und gleichmäßig in einer kreisrunden Spur auf dem Boden zu verteilen.

»Hat gerade so gereicht«, sagt sie und zeigt auf das Ergebnis. »Ist das okay so?«

»Ja, das müsste gehen«, sage ich. »Jetzt muss ich nur noch den Spruch aufsagen.«

Aaron reicht mir seinen Notizblock. Ich lese den Spruch laut vor.

»Mit Geduld und viel Gequengel rufst du einen Todesbengel! Bitte, bitte, bitte, bitte! Zeig dich in des Kreises Mitte!«

Wir starren alle gespannt auf den Kreis. Nichts passiert.

»Mist, es funktioniert nicht«, sage ich seufzend.

»Abwarten«, sagt Aaron. »Da steht etwas von Geduld, die man aufbringen muss. Wahrscheinlich dauert es einfach eine Weile. Weile.«

Wir starren weiter gebannt auf den Kreis.

Nichts passiert.

Plötzlich ertönt ein PLOPP! und eine kleine schwarze Rauchwolke erscheint in der Mitte des Kreises. Als der Rauch sich verzogen hat, sehen wir einen Todesbengel.

Diese Jungs erkennt man immer sofort an ihren schwarzen Mänteln mit den schwarzen Kapuzen, unter denen man das Gesicht nicht sieht. Außerdem schleppen sie immer eine Sense mit sich herum, die fast doppelt so groß ist wie sie selbst.

»Was … Wie … Wo bin ich denn jetzt gelandet?«, stammelt der Todesbengel verwirrt.

Dann sieht er uns.

»AAAAAAAH!«, schreit er erschreckt auf. »Wer sind Sie? Was wollen Sie von mir?«

»Ganz ruhig bleiben«, sagt Auribus und geht einen Schritt auf ihn zu. »Kein Grund zur Panik. Wir sind …«

»AAAAAAH! NICHT NÄHER KOMMEN!«, unterbricht ihn der Todesbengel. »SONST …«

Er richtet seine Sense auf Auribus, ein kleiner Blitz schießt aus der Klinge und trifft ihn an der Brust. Auribus fliegt einen Meter rückwärts und bleibt reglos auf dem Boden liegen.

»Sag mal, geht's noch?«, motzt Lilly ihn an. »Du kannst doch nicht einfach unseren Freund hier um … dingsen … blitzen … Was auch immer du da gerade gemacht hast!«

»Sorry, das wollte ich nicht«, sagt der Todesbengel kleinlaut. »Das war nur ein Reflex. Aber wieso ist er noch da? Ich habe die Sense doch auf … Dieses verflixte Ding macht mich noch wahnsinnig!«

Er fummelt leise fluchend an seiner Sense herum, während Auribus leise stöhnend wieder zu Bewusstsein kommt.

»Was ist denn … Was war das?«, fragt er ächzend.

»Das war nur ein Versehen, Verzeihung«, sagt der Todesbengel. »Aber Sie müssten eigentlich tot sein. Irgendwas stimmt mit dieser verflixten Sense nicht.«

Auribus rappelt sich langsam auf.

»Nicht schlimm«, sagt er. »Einen Spion-Dämon bringt so schnell nichts um.«

»Oh, Sie sind ein Dämon?«, fragt der Todesbengel verwundert. »Das sieht man gar nicht. Aber dann ist es ja nicht so schlimm, die Sense ist nur auf Menschen ausgelegt. Trotzdem stimmt da irgendwas nicht, der eine Hebel hier klemmt ständig und …«

»Bist du Paulchen?«, frage ich ihn.

»Öh … Äh … Ähm …«, antwortet der Todesbengel. »Was wollen Sie denn von Paulchen? Hat er etwas angestellt?«

»Ja«, knurrt Lilly. »Er hat unseren Freund mit seiner komischen Sense umgedingsblitzt.«

»Hat er nicht«, erwidert der Todesbengel. »Das war *ich* doch. Und ich bin nicht Paulchen. Ich heiße … Mein Name ist … Ich bin …«

»Ein ganz miserabler Lügner«, beendet Lilly seinen Satz.

»Ja, okay, schon gut, ich bin Paulchen«, gibt der Todesbengel seufzend zu. »Woher wissen Sie das? Hat mein Chef Sie geschickt? Habe ich etwa schon wieder Mist gebaut? Ich schwöre, ich habe mich an alle Vorgaben und Regeln gehalten.«

»Ach ja?«, sagt Lilly und zeigt auf unsere Zombies. »Und was ist dann das da?«

Paulchen rückt ein Stück näher an die beiden heran.

»Oh!«, sagt er schließlich. »Das ist … Mit der Frau habe ich nichts zu tun, das war ich nicht! Und den Mann habe ich ordnungsgemäß ausgeknipst und nach unten geschickt. Keine Ahnung, was da schiefgelaufen ist. Hier ist der Auftrag, Sie können sich das gern selbst anschauen.«

Er zieht eine lange Liste aus seinem schwarzen Umhang und streckt sie mir entgegen.

»Da, ganz unten, der Letzte«, erklärt er. »Die Liste aktualisiert sich täglich selbst.«

Ich nehme die Liste, dort sind lauter Namen und Zahlen mit jeweils einem dazugehörigen Foto zu sehen. Als ich mir den letzten Eintrag anschaue, muss ich stutzen.

»Aber der letzte Eintrag hier, das ist er doch gar nicht«, sage ich. »Da steht Gertrude Trautwein, 87, das Datum von vor vier Tagen und ein Pfeil nach unten.«

»Gertrude?«, wundert sich Paulchen. »Das ist aber ein seltsamer Männername. Ich gucke mir ja immer nur die Fotos an.«

»Ja, aber auf dem Foto *ist* eine Frau«, erwidere ich. »Und sie sieht unserem Herrn Direktor noch nicht mal ähnlich.«

»Das kann überhaupt nicht sein«, sagt Paulchen und

nimmt mir die Liste aus der Hand. »Zeigen Sie mal her.«

Er hält die Liste zuerst ganz nah an sein Gesicht, dann rückt er sie so weit wie möglich davon weg. So geht das ein paarmal hin und her.

»Also, für mich ist das ganz eindeutig dieser Mann«, sagt er schließlich und zeigt auf Gustav, der neben unseren Zombies am Bett steht.

»Äh … das ist Gustav«, sage ich. »Auch ein Freund von uns. Und kein Zombie. Der sitzt da.«

Ich zeige auf unseren Direktor.

»Oh … Äh … Ja, genau …«, stammelt Paulchen. »Der sieht auch genauso aus wie auf dem Foto.«

»Mit dem stimmt doch irgendwas nicht«, knurrt Lilly.

»Allerdings«, stimmt Aaron ihr zu. »Und ich glaube, ich ahne auch, was da nicht stimmt. Nicht stimmt.«

Aaron hält seine linke Hand hoch und spreizt drei Finger ab.

»Wie viele Finger sind das? Sind das?«, fragt er Paulchen.

»Auf Ihre Trickfragen falle ich nicht rein, junge Frau«, antwortet Paulchen. »Sie können die Faust wieder runternehmen.«

»Wie ich vermutet habe«, sagt Aaron. »Er verfügt über das Sehvermögen einer kurzsichtigen Forelle in einem frisch aufgewühlten Baggersee. Baggersee.«

»Ich weiß nicht, wovon Sie reden, junge Frau«, erwidert Paulchen. »Ich sehe Sie genauso deutlich wie die Mülltonne, die neben Ihnen steht.«

»Das bin *ich*«, knurrt Lilly.

»Die Mülltonne kann sprechen?«, fragt Paulchen verwundert.

»Hier, probier's mal damit. Damit«, sagt Aaron.

Er nimmt seine Brille ab, geht auf Paulchen zu und streckt sie ihm entgegen.

»NEIN! NICHT ANFASSEN!«, ruft Paulchen panisch.

Ein Blitz fährt aus seiner Sense und trifft Auribus wieder genau an der Brust. Er kippt nach hinten um und bleibt reglos liegen.

»Jetzt reicht's aber!«, fährt Lilly ihn an. »Gib mir sofort die Sense!«

»Von Mülltonnen nehme ich keine Befehle an«, erwidert Paulchen.

»Wir wollen dir doch nur helfen«, versuche ich beruhigend auf ihn einzureden. »Probier das doch mal mit der Brille. Das tut auch überhaupt nicht weh. Hier, guck.«

Ich nehme die Brille und setze sie auf. Auweia. Was ist denn jetzt los? Ich sehe alles nur noch sehr stark verschwommen. Und Paulchen hat recht, Lilly sieht tatsächlich ein bisschen aus wie eine Mülltonne.

»Äh … Ich glaube, die ist kaputt«, sage ich zu Aaron. »Ich kann kaum noch was erkennen.«

»Das liegt daran, dass deine Augen völlig in Ordnung sind«, erklärt Aaron. »Bei einer fehlerhaften Sehkraft hat sie den gegenteiligen Effekt. Effekt.«

»Ah, okay«, sage ich und wende mich an Paulchen. »Es tut auf jeden Fall nicht weh, du kannst es ruhig versuchen.«

Ich strecke ihm die Brille entgegen. Er nimmt sie zögerlich aus meiner Hand, während Auribus sich langsam wieder aufrappelt.

»Alles in Ordnung«, stöhnt er. »Ich könnte das den ganzen Tag lang machen.«

Paulchen dreht die Brille vor seiner Kapuze hin und her, er scheint immer noch sehr skeptisch zu sein.

»Hat der Knilch überhaupt Ohren?«, fragt Lilly frotzelnd. »Sonst bringt die beste Brille nichts.«

»Natürlich habe ich Ohren«, erwidert Paulchen. »Sonst könnte ich ja wohl kaum eine Mülltonne sprechen hören.«

»Wenn du mich noch ein einziges Mal als Mülltonne bezeichnest, hörst du bald gar nichts mehr«, knurrt Lilly ihn an.

»Na gut«, sagt Paulchen zögerlich. »Probieren kann ich's ja mal.«

Er greift an seine Kapuze und zieht sie langsam nach

hinten. Lillys Mundwinkel schnellen augenblicklich ganz weit nach oben und ihre Augen fangen an verzückt zu strahlen.

»Du meine Güte!«, platzt sie heraus. »Ist der süüüüüüüüüß!«

Ist er das? Ich kann so was immer sehr schlecht beurteilen. Er hat hellblondes kurzes Haar und funkelnd blaue Augen. Das ist das erste Mal, dass ich einen Todesbengel ohne Kapuze sehe. Sein Gesicht hat nichts Dämonisches an sich, im Gegenteil. Wahrscheinlich haben sie deshalb bei uns unten immer Kapuzen auf, weil sie so süß aussehen, und süß mag in der Hölle eigentlich niemand. Lilly offenbar schon.

»Wie entzückend!«, schwärmt sie. »Sehen etwa alle Todesbengel so aus?«

»Ja«, antwortet Paulchen. »Wir müssen so aussehen. Die Leute sollen noch etwas Nettes sehen, wenn sie schon sterben müssen.«

»Ich möchte ihn am liebsten ganz fest drücken und knuddeln und nie wieder loslassen!«, sagt Lilly verzückt. »Ihr nicht auch?«

»Joah, geht so«, sagt Gustav. »Er ist auf jeden Fall niedlicher, als ich erwartet hätte.«

»Ist ja auch völlig egal, wie er aussieht«, sage ich. »Er soll uns helfen. Und dafür wäre es nicht schlecht, wenn er endlich die Brille aufsetzen würde.«

Paulchen seufzt einmal tief und schiebt die Brille über seine Augen.

»Oh! … Das … das ist ja …«, stammelt er erstaunt. »So sieht das alles also … Das ist ja unglaublich!«

»Unglaublich finde ich eher, dass du wer weiß wie lang schon diesen Job machst, ohne etwas zu sehen«, sage ich.

»Na ja … Ich dachte immer, das sei normal und alle würden sehen, was ich sehe«, sagt Paulchen. »Ich hatte ja keine Ahnung! Und das erklärt natürlich, wieso bei mir so oft Sachen schieflaufen!«

»Und genau deshalb bist du hier«, sage ich und zeige auf unseren Zombie-Direktor. »Da ist offenbar auch etwas gewaltig schiefgelaufen. Oder bist du immer noch der Meinung, dass das da Gertrude Trautwein ist?«

Paulchen guckt ein paarmal zwischen seiner Liste und dem Direktor hin und her.

»Äh … nein«, sagt er schließlich. »Das ist definitiv *nicht* Gertrude Trautwein.«

»Haargenau«, stimme ich ihm zu. »Das ist unser Direktor, Herr Hasenfuß. Er steht gar nicht auf der Liste. Aber jetzt ist er ein Zombie. Woran könnte das liegen?«

»Na ja …«, antwortet Paulchen. »Das liegt mit Sicherheit daran, dass er eben *nicht* auf der Liste steht und ich ihn trotzdem … Weil ich immer alles … Weil ich ein ganz lausiger Todesbengel … BUWÄHÄHÄHÄHÄÄÄÄÄÄ!«

Er fängt an, herzzerreißend zu heulen.

»Luzie, du Fiesling!«, motzt mich Lilly an. »Du hast den Kleinen zum Weinen gebracht!«

Sie boxt mir mit einem anklagenden Blick auf den Arm.

»Aua! … Was denn … Dafür kann ich doch nichts!«, erwidere ich.

»Ich bin der mieseste Todesbengel aller Zeiten!!«, plärrt Paulchen weiter. »Und jetzt werde ich an den Nordpol strafversetzt, wo überhaupt nie jemand stirbt, weil da gar keiner lebt! Ich bin so unfähig! BUWÄHÄHÄHÄHÄÄ!«

»Was? Nein, du wirst ganz bestimmt nicht strafversetzt«, versuche ich ihn zu beruhigen. »Und weißt du auch, warum nicht? Weil du den Fehler selbst korrigieren wirst und dann alles wieder in Ordnung ist. Und hinterher besorgen wir dir eine eigene Brille, damit sowas nicht noch mal passiert.«

»Du kannst meine sogar behalten«, sagt Aaron. »Ich habe noch sieben davon in meinem Zimmer. Eine für jeden Wochentag und eine als Ersatz. Ersatz.«

»Ich will eure blöde Brille aber nicht!«, plärrt Paulchen.

Er nimmt die Brille ab und wirft sie Aaron entgegen.

»Ich will überhaupt nichts mehr!«, schreit er weiter. »Alles, was ich mache, geht schief! Also mache ich ab jetzt einfach gar nichts mehr!«

»Ja, aber jetzt warte doch mal«, rede ich auf ihn ein. »Das ist doch alles kein Problem. Du musst doch nur …«

»Ich muss überhaupt nichts!«, unterbricht er mich. »Ich bin nämlich ab sofort kein Todesbengel mehr! Ich kündige! Lassen Sie mich bitte in Ruhe!«

Er lässt einen Blitz aus der Sense schießen, der wieder Auribus trifft.

»Verzeihung! Das wollte ich nicht! Ich bin so unfähig! BUWÄHÄHÄHÄHÄÄ!«

Er rennt mit seiner Sense auf die Tür zu.

»Vorsicht!«, rufe ich ihm hinterher. »Du rennst gleich gegen die …«

Bevor ich meine Warnung fertig aussprechen kann, ist er bereits durch die geschlossene Tür verschwunden. Wir sehen uns alle verdutzt an.

»Das ergibt durchaus Sinn«, sagt Aaron. »Es erklärt, wieso er nicht noch mehr Probleme mit seiner mangelnden Sehkraft hatte. Mit einem festen Körper wäre er wahrscheinlich ständig gegen Türen oder Wände gelaufen. Gelaufen.«

»Los, wir müssen hinterher!«, fordert Lilly uns auf. »So niedlich er auch aussieht, dieser kleine Mistkerl darf sich nicht einfach so aus dem Staub machen! Wir brauchen ihn!«

Sie bewegt sich Richtung Tür, um Paulchen zu verfolgen, ich halte sie zurück.

»Nur keine Hektik«, sage ich. »Du musst ihm nicht hinterherhetzen. Das geht doch viel einfacher.«

Ich zeige grinsend auf den Aschekreis und sage den Spruch auf.

»Mit Geduld und viel Gequengel rufst du einen Todesbengel! Bitte, bitte, bitte, bitte! Zeig dich in des Kreises Mitte!«

Diesmal dauert es nicht so lang, bis Paulchen vor uns

aufploppt – wahrscheinlich, weil er noch nicht weit gekommen war.

»Was? Wie? Sie schon wieder!«, motzt er uns an. »Unverschämtheit! Ich bin für Ihre Angelegenheiten nicht mehr zuständig! Bitte wenden Sie sich an meinen Nachfolger!«

Er öffnet eine Klappe oben an seiner Sense, ein surrendes Geräusch ertönt und er richtet die Öffnung auf die Asche. Sie wird eingesaugt. Er dreht sich einmal im Kreis, bis die Asche komplett verschwunden ist. Dann rennt er los und verschwindet durch die Wand neben der Tür.

»Mist!«, fluche ich.

»Los, wir müssen hinterher!«, fordert Lilly uns auf.

»Hinterher?«, brummelt Auribus, der gerade wieder aufwacht. »Hab ich was verpasst? Wieso brummt denn mein Kopf so?«

»Wir müssen diesen Todesbengel einfangen!«, erklärt Lilly. »Los, kommt schon!«

Sie flitzt zur Tür, öffnet sie und streckt ihren Kopf nach draußen auf den Flur.

»Da vorne ist er!«, ruft sie uns zu. »Los, alle mir nach!«

Keine Telefonzelle

Wir flitzen alle hinter Lilly den großen Flur hinunter.

»Er ist die Treppe runter!«, ruft sie uns zu.

Wir folgen ihr nach unten. In der großen Eingangshalle bleibt Lilly stehen und sieht sich hektisch um.

»Verdammt, wo ist dieser kleine Mistkerl denn jetzt …«, schimpft sie.

»Da drüben!«, ruft Gustav. Er zeigt auf die Wand neben dem Speisesaal, durch die wir gerade noch einen schwarzen Zipfel seines Umhangs verschwinden sehen.

Wir hetzen in den Speisesaal.

»Wir teilen uns auf«, sagt Lilly. »Guckt unter jeden Tisch und jeden Stuhl. Er muss hier irgendwo sein.«

»Muss er nicht«, sagt Aaron. »Durch seine astrale Form könnte er durch jede Wand entwischt sein. Und ich möchte sogar nicht ausschließen, dass er sich transparent und somit für uns unsichtbar machen kann. Machen kann.«

»Das wäre natürlich nicht gut«, sagt Lilly. »Versuchen müssen wir es trotzdem.«

Wir teilen uns auf und suchen auf dem Boden kriechend den kompletten Speisesaal ab, leider ohne Erfolg.

»Er ist weg«, sage ich seufzend. »Den kriegen wir nicht mehr.«

»Und die Asche ist auch aufgebraucht«, stellt Gustav fest.

»Dann müssen wir eben neue Asche machen«, sagt Lilly. »Wir könnten ein paar von den Stühlen hier verbrennen.«

»Immer langsam«, sage ich. »Bevor wir hier das Mobiliar und vielleicht sogar das komplette Schulgebäude abfackeln, fällt uns bestimmt noch etwas anderes ein. Ich bin mir sicher, wir könnten Paulchen dazu bringen, uns zu helfen.«

»Ja, vielleicht«, sagt Lilly. »Aber dazu müssten wir ihn erst mal finden. Was aber ohne Asche so gut wie unmöglich ist.«

»Nicht ungemöglich«, erklingt eine Stimme von über meiner Stirn.

Irgendwas kitzelt an meiner Kopfhaut. Das kann nur Cornibus sein. Ich schiele nach oben, sehe ihn aber nicht.

»Was ist er denn gerade?«, frage ich die anderen.

»Immer noch eine Spinne, wie vorhin in deinem Zimmer«, antwortet Gustav.

Ah, dann hat er sich wohl unbemerkt auf meinen Kopf abgeseilt, der kleine Schlawiner.

»Kannst du uns etwa helfen, Paulchen zu finden, Cornibus?«, frage ich nach oben. »Ich weiß, du hast eine sehr gute Nase. Aber funktioniert die auch, wenn jemand gar keinen festen Körper hat und nach nichts riecht?«

»Cornibus Faulchen nicht riechen. Aber Faulchen macht Kluftknittern. Cornibus merken in Fell.«

»Kluftknittern?«, hake ich verwundert nach. »Was soll das denn sein?«

Meistens verstehe ich Cornibus sehr gut, aber unter Kluftknittern kann ich mir gerade überhaupt nichts vorstellen.

»Ich glaube, ich weiß, was er meint«, sagt Aaron. »Offenbar erzeugt Paulchens Anwesenheit ein Zittern in der Luft, also eine Vibration, die Cornibus spüren kann. Spüren kann.«

»Ja«, sagt Cornibus. »Faulchen Tritrationen. Cornibus spüren.«

»Es heißt ja auch, dass manche Leute es spüren, wenn der Tod naht«, erklärt Aaron. »Vielleicht handelt es sich dabei um genau dieses Phänomen. Phänomen.«

»Spürst du ihn jetzt auch gerade?«, frage ich Cornibus.

»Nicht viel spüren. Spinne zu wenig Fell. Cornibus erst verwandeln. Luzie Kopf nach vorne.«

Ich senke meinen Kopf. Cornibus seilt sich an einem Spinnenfaden nach unten auf den Boden ab und verwandelt sich in einen kleinen Hund mit fluffigem braunen Fell.

»Oh, wie süß, ein Zwergspitz!«, sagt Gustav. »Die gehören zu meinen Lieblingshunden!«

»Spürst du ihn jetzt?«, frage ich Cornibus.

Er dreht sich ein paarmal hin und her, dann zeigen seine feinen Fellhaare plötzlich alle schräg nach links.

»Cornibus spüren kann«, sagt er und trippelt in Richtung Essensausgabetresen los.

Wir folgen ihm. Cornibus springt auf den Tresen, alle seine Haare zeigen nach vorne.

»Er ist in der Küche«, flüstere ich den anderen zu.

Wir schleichen um den Tresen herum bis zur Tür, die in die Küche führt. Ich drücke vorsichtig die Klinke nach unten, es ist zum Glück nicht abgeschlossen. Wir treten so leise wie möglich ein. Cornibus ist vom Tresen gesprungen und wartet schon auf uns. Er steht vor dem großen Kühlschrank, alle seine Haare zeigen flirrend darauf. Hoffentlich steht er nicht nur dort, weil er denkt, dass es da drinnen etwas zu essen gibt.

Wir treten vorsichtig näher an den Kühlschrank heran. Lilly zeigt auf ihr Ohr, sie scheint etwas zu hören.

Stimmt, jetzt höre ich es auch, aus dem Kühlschrank dringt ein leises Wimmern nach draußen. Alles klar, das ist eindeutig Paulchen.

Ich trete an den Kühlschrank heran und klopfe leise zweimal an die Tür.

»Paulchen?«, frage ich leise. »Bist du dadrin?«

»Nein«, erklingt als geschluchzte Antwort. »Hier ist niemand drin. Bitte geht wieder.«

»Aber wir wollen dir doch nichts Böses, Paulchen«, erwidere ich. »Ich kann dich sogar sehr gut verstehen. Seit ich hier oben bin, baue ich auch ständig Mist, weil ich mich nicht auskenne. Und das ist kein schönes Gefühl.«

»Ich will aber keinen Mist mehr bauen«, sagt Paulchen. »Es macht keinen Spaß, immer angemeckert zu werden. Dann mache ich lieber gar nichts mehr.«

»Aber wir meckern doch gar nicht«, sage ich. »Jeder macht mal Fehler. Aber du kannst deinen Fehler noch korrigieren. Dann ist alles wieder gut. Wir helfen dir auch dabei, falls das möglich ist.«

Es wimmert und schnieft im Kühlschrank.

»Ich mache jetzt die Tür auf, Paulchen«, sage ich. »Du musst nicht wegrennen, okay?«

Ich öffne die Tür langsam. Paulchen sitzt im unteren Fach des Kühlschranks und schluchzt leise vor sich hin.

»Wir sind deine Freunde, Paulchen«, sage ich. »Alles wird gut.«

»Freunde?«, wiederholt er schniefend. »Todesbengel haben keine Freunde. Niemand mag uns.«

»Doch, wir mögen dich«, erwidere ich. »Sehr sogar.«

»Ach, das sagt ihr doch nur«, seufzt Paulchen. »Vor mir haben doch alle nur Angst. Und wer will schon mit jemandem befreundet sein, der einem Angst macht?«

»Mir machst du keine Angst«, sage ich. »Ich bin der Sohn von Luzifer. Und Lilly ist seine Tochter. Und Auribus ist eigentlich ein Dämon. Uns macht gar nichts Angst.«

»Mir auch nicht«, sagt Aaron. »Das liegt zwar nur an einem Gendefekt, aber ich hätte dich auch ohne gemocht. Ohne gemocht.«

»Ich habe zwar öfter Angst«, fügt Gustav hinzu. »Vor Zombies, zum Beispiel. Aber vor dir komischerweise überhaupt nicht.«

»Siehst du, wir haben alle keine Angst vor dir«, sage ich. »Also können wir auch deine Freunde sein.«

»Du … du bist der Sohn vom Chef meines Chefs?«, fragt Paulchen verwundert.

»Ja, bin ich«, antworte ich. »Was glaubst du, wie oft ich schon Ärger hatte, weil ich Mist gebaut habe? Und bei meinem Vater ist es mit Meckern nicht getan, da bekommt man gleich den Kopf abgerissen, und zwar nicht nur einmal.«

»Das macht mein Chef zum Glück nicht«, sagt Paulchen. »Da wird man nur strafversetzt.«

»Wirst du diesmal aber nicht«, erwidere ich. »Weil du deinen Fehler selbst wiedergutmachst.«

»Und was, wenn ich nicht weiß, wie das geht?«, fragt Paulchen.

»Genau dafür hast du deine Freunde«, antworte ich. »Zusammen kriegen wir das schon irgendwie hin.«

Paulchen sieht uns mit seinen strahlend blauen Augen an und wischt sich am Ärmel die letzten Tränen ab.

»Ihr … ihr meint das wirklich ernst?«, fragt er. »Wir sind Freunde?«

»Absolut«, sage ich und alle anderen nicken bestätigend.

Paulchen klettert aus dem Kühlschrank.

»Puh, das war doch auf Dauer ganz schön kalt in dieser Telefonzelle«, sagt er. »Und dunkel.«

»Das könnte daran liegen, dass es gar keine Telefonzelle ist«, sagt Aaron. »Das ist ein Kühlschrank. Kühlschrank.«

Er reicht Paulchen seine Brille. Paulchen setzt sie auf und schaut sich erstaunt um.

»Oh«, sagt er schließlich. »Ich dachte, ich wäre ganz woanders.«

»Wo denn? Hinterm Mond?«, fragt Lilly grinsend. »Stimmt, da könnte es noch Telefonzellen geben.«

Gustav prustet vor Lachen laut los. Es dauert nicht lang und wir müssen alle lachen, auch Paulchen.

»Und ich darf die Brille wirklich behalten?«, fragt er Aaron, als wir ausgelacht haben. »Das wäre schon sehr hilfreich.«

»Klar«, antwortet Aaron. »Wenn wir wieder oben sind, hole ich meine Ersatzbrille. Ersatzbrille.«

»Genau«, sage ich. »Lasst uns doch am besten gleich hochgehen und gucken, was wir für unsere Zombies tun können.«

»Ich glaube ja, es liegt daran, dass ich euren Direktor zu früh geholt habe«, sagt Paulchen. »Er ist wahrscheinlich noch lang nicht dran und befindet sich deshalb in einem Zustand zwischen Leben und Tod.«

»Das würde Sinn ergeben«, sagt Aaron. »Zombies sind ja sozusagen gleichzeitig tot und lebendig. Lebendig.«

»Ich habe nur leider nicht die geringste Ahnung, wie ich das korrigieren kann«, sagt Paulchen seufzend.

»Abwarten«, sage ich. »Irgendwie kriegen wir das schon hin.«

Wir verlassen die Küche und nehmen die Treppe nach oben. Als wir auf den Flur zu meinem Zimmer biegen, kommt uns plötzlich ein sehr aufgeregter Onkel Wolfram entgegen, der den Grill vor sich herschleppt.

»Da seid ihr ja!«, ruft er. »Ist bei euch alles in Ordnung? Ich hab mir solche Sorgen gemacht!«

»Äh … Ich bräuchte eine kleine Information«, sagt Aaron. »Wer ist das? Ist das?«

Ach so, stimmt ja. Aaron hat keine Brille auf und sieht gerade wahrscheinlich so wenig wie Paulchen vorher.

»Das ist Herr Rosenberg«, flüstert Gustav ihm zu.

»Danke«, sagt Aaron. »Ich hatte es anhand der Stimme vermutet, wollte aber sichergehen. Ich hole mal lieber schnell meine Ersatzbrille. Ersatzbrille.«

Er flitzt an Onkel Wolfram vorbei, der ihn kurz irritiert anguckt.

»Was … Wie … Warum …«, stammelt Onkel Wolfram. »Geht's euch gut? Ich hatte schon die schlimmsten Befürchtungen!«

»Äh … Ja … Mit uns ist alles in Ordnung so weit«, sagt Lilly sichtlich irritiert. »Was … was machst du denn hier oben?«

»Ich war im Geräteschuppen, weil ich dort endlich mal aufräumen wollte!«, berichtet er aufgeregt. »Da hab ich gesehen, dass jemand unseren Grill geklaut hat! Dann hab ich eine Aschespur entdeckt! Sie hat mich direkt zu Luzies Zimmer geführt! Zuerst war ich ja sauer auf euch, weil ich dachte, dass ihr den Grill geholt und das ganze Treppenhaus mit der Asche eingesaut habt! Dann hab ich gesehen, dass Luzies Tür offen war, und bin ins Zimmer gegangen! Und da saß der Herr Direktor auf Luzies Bett! *Unser* Direktor! Der, der eigentlich tot sein müsste! Und Frau Schneider-Schnutzel war auch da! Sie waren beide gefesselt und geknebelt und sahen sehr seltsam aus! Ich wusste natürlich sofort, dass *ihr* das nicht wart! Wenn Tote wiederauferstehen, muss das irgendwas mit der Hölle zu tun haben! Ist hier wieder einer dieser fiesen Dämonen unterwegs? Der Kleine mit der Kapuze und der Sense da vielleicht? Ihr habt ihn also schon geschnappt? Sehr gut!«

»Äh … nein«, sagt Lilly. »Das ist kein Dämon, das ist ein … Freund.«

»Aha, okay«, sagt Onkel Wolfram. »Und wer ist der ältere Herr dort?«

Er zeigt auf unseren Zombieexperten Auribus.

»Ach, ich weiß schon«, schiebt er hinterher. »Sie wollen wahrscheinlich zum Lehrerseminar und haben sich verlaufen. Es findet im Musikraum statt, im Erdgeschoss. Wenn Sie möchten, kann ich Ihnen den Weg …«

»Moment, jetzt mal ganz langsam, Onkel Wolfram«, unterbricht ihn Lilly. »Du hast also den Direktor und Frau Schneider-Schnutzel gefunden? Und was hast du dann mit ihnen gemacht?«

»Na, ich habe sie natürlich sofort befreit!«, antwortet Onkel Wolfram. »So ganz in Ordnung sind sie aber nicht. Sie wirken, als stünden sie unter Drogen oder eben unter irgendeinem Dämonenzauber. Ich habe kein Wort von dem verstanden, was sie gesagt haben.«

»Was?«, erwidert Lilly angespannt. »Du hast sie befreit?«

»Ja, klar!«, sagt Onkel Wolfram. »Und sie waren total erleichtert. Sie haben mich zum Dank sogar abgeknutscht. Das war ein bisschen eklig, aber auch irgendwie süß.«

»Sie haben dich …«, sagt Lilly entsetzt.

»HEY, LEUTE!«, wird sie von Aaron unterbrochen. »ICH FÜRCHTE, WIR HABEN EIN PROBLEM! PROBLEM!«

Er steht am Ende des Flurs vor meiner Zimmertür und zeigt auf die offene Tür. Im nächsten Moment erscheinen dort unsere beiden Zombies.

»Ah, da sind sie ja«, sagt Onkel Wolfram. »Ich habe ihnen eigentlich gesagt, sie sollen sich noch ein bisschen ausruhen. Sie sind noch sehr erschöpft und etwas wacklig auf den Beinen.«

Aaron flitzt zu uns.

»Sie … sie haben dich geküsst?«, fragt Lilly noch einmal mit entsetztem Blick auf Onkel Wolfram.

»Ja, mehrmals sogar«, antwortet er lachend. »Und sogar auf den Mund. Sie waren ganz wild, ich konnte sie kaum wieder abschütteln. Ganz unter uns: Die beiden haben ein kleines Mundgeruchproblem, das war ganz schön … e … ke …«

Er hört plötzlich auf zu sprechen und sein Blick wird schlagartig sehr glasig.

»Oh, nein!«, entfährt Lilly ein erstickter, entsetzter Schrei. »Nicht Onkel Wolfram!«

Er streckt seine Arme nach ihr aus und versucht, ihren Kopf zu greifen.

»GRMBL! … LL … KS! … KS!«, grunzt er.

Wir weichen schnell ein paar Schritte zurück. Lilly bleibt wie erstarrt stehen.

»Lilly, komm!«, rufe ich ihr zu. »Du kannst ihm nicht helfen!«

Sie reagiert nicht. Ich packe sie am Kragen und ziehe sie von ihm weg. Die anderen beiden Zombies schließen zu Onkel Wolfram auf, sie rücken zu dritt auf uns zu.

»Was machen wir denn jetzt?«, fragt Gustav panisch.

»Angesichts der Tatsache, dass wir in der aktuellen Situation keine Zeit zum Pläneschmieden haben, schlage ich einen ungeordneten Rückzug vor«, sagt Aaron. »Nichts wie weg hier! Weg hier!«

Sehr sensibel

Wir sitzen alle in Lillys Küche um den großen Tisch herum. Nur Gustav steht am Fenster und guckt immer wieder nach draußen auf den Schulhof.

»Niemand zu sehen«, sagt er.

»Vielleicht kommen sie allein nicht die Treppen runter«, sagt Auribus.

»Wir müssen ihnen helfen«, sagt Lilly entschlossen. »Ich werde es auf keinen Fall zulassen, dass Onkel Wolfram als Zombie endet.«

»Deine Streitaxt ist somit wohl keine Lösung mehr«, sage ich grinsend.

»Er ist auch *dein* Onkel«, knurrt Lilly.

»Ich weiß«, erwidere ich. »Für mich war Köpfe einzuschlagen aber auch nie eine Lösung. Womit wir wieder bei dir wären.«

Ich wende mich an Paulchen.

»Das Ganze muss ja irgendwas mit dir zu tun haben«, sage ich. »Oder besser gesagt: mit deiner Sense. Wie funktioniert dieses Ding eigentlich genau?«

»Das ist im Grunde genommen ganz einfach«, antwortet Paulchen. »Es gibt einen Auslöser und einen Regler. Wenn man den ganz nach rechts schiebt, geht es nach oben. Und wenn er auf links gestellt ist, landet die Zielperson unten. Allerdings hatte ich in letzter Zeit öfter mal Schwierigkeiten mit dem Ding und habe den Verdacht, dass sie kaputt ist.«

»Kann ich sie mal sehen?«, fragt Aaron.

Paulchen reicht ihm die Sense, Aaron inspiziert sie ausgiebig.

»Was waren das denn für Blitze, die du auf Auribus abgeschossen hast?«, frage ich. »Was bewirken die?«

»Die trennen normalerweise die Seele vom Körper«, erklärt Paulchen. »Da ist ein Knopf neben dem Regler, damit löst man sie aus.«

»Ah, das wäre dann wohl dieser hier. Dieser hier«, sagt Aaron.

Er fährt mit einem Finger leicht über den Knopf, ein Blitz schießt aus der Sense und trifft Auribus, der samt Stuhl nach hinten umkippt.

»Oh«, sagt Aaron. »Das tut mir leid. Der Knopf ist offenbar sehr sensibel in der Auslösung. Auslösung.«

»Bei Auribus passiert aber nichts Schlimmes, wenn er davon getroffen wird«, stellt Gustav fest. »Also, außer, dass er kurz umkippt, meine ich.«

»Auribus ist ein Dämon«, sage ich. »Er hat keine Seele, die abgetrennt werden könnte.«

»Was wohl passieren würde, wenn man damit Lilly oder dich trifft?«, mutmaßt Aaron. »Ihr habt immerhin dämonisches Blut. Blut.«

»Äh … das möchte ich lieber nicht ausprobieren«, sage ich.

»Der Regler sitzt sehr locker«, stellt Aaron fest. »Und er stand jetzt auch auf keiner festen Position, also weder links noch rechts. Rechts.«

»Wie gesagt, die Sense spinnt manchmal«, sagt Paulchen. »Ich hatte auch schon eine neue beantragt, aber es hieß, dafür sei gerade kein Geld da.«

»Was würde denn passieren, wenn man jetzt mit einer deutlichen Einstellung auf links oder rechts auf die Zombies schießt? Zombies schießt?«, will Aaron wissen.

»Wenn es normale Menschen wären, müssten sie dann entweder unten oder oben landen«, sagt Paulchen. »Aber da wären sie ja falsch, weil sie noch gar nicht dran sind. Und das gibt auf jeden Fall Ärger. Und was bei Zombies passiert, weiß ich nicht.«

»Weißt du, was passiert, wenn der Regler auf der Mitte steht? Mitte steht?«, fragt Aaron.

»Das ist nicht vorgesehen«, antwortet Paulchen. »Deshalb rastet er auch in der Mitte nicht ein.«

»Es könnte doch sein, dass genau diese Einstellung den Zombiezustand auslöst«, mutmaßt Aaron. »Sie befinden sich ja sozusagen genau zwischen Leben und Tod. Und vielleicht kann man das rückgängig machen, indem man genau das wiederholt. Wiederholt.«

»Ja, könnte sein, vielleicht«, sagt Paulchen. »Aber um das herauszufinden, müssten wir es ausprobieren.«

»Und was, wenn es schiefgeht?«, sagt Lilly. »Was, wenn die Zombies dann einfach zu Staub zerfallen oder explodieren oder doppelt so groß werden?«

»Das Risiko besteht natürlich«, sagt Aaron. »Aber ich wüsste sonst nicht, was wir machen könnten. Machen könnten.«

»Er hat recht«, sage ich. »Irgendwas müssen wir versuchen.«

»Okay«, sagt Lilly. »Aber nicht bei Onkel Wolfram, das ist mir zu gefährlich. Sucht euch einen anderen Zombie als Versuchskaninchen aus.«

»Mrs Wentworth!«, sagt Gustav.

»Oh ja, die wäre super!«, sage ich. »Die würde ich sofort nehmen!«

Mrs Wentworth ist unsere Englischlehrerin. Sie quält

uns immer mit unangekündigten Vokabeltests und lässt mich ständig Wörter mit diesem komischen *th* drin wiederholen. Wenn sie explodieren würde, könnte ich gut damit leben.

»Aber sie ist doch gar kein Zombie«, sage ich seufzend.

»Doch, ist sie«, sagt Gustav. »Hier, guckt.«

Er schiebt die Gardine beiseite, wir drängeln uns alle um ihn herum ans Fenster.

Draußen auf dem Schulhof wanken vier Zombies langsam in unsere Richtung. Direktor Hasenfuß, Frau Schneider-Schnutzel, Onkel Wolfram und Mrs Wentworth.

»Sie haben sie erwischt«, sagt Lilly.

»Ja, aber was macht sie denn überhaupt hier?«, wundere ich mich. »Die Schule fängt erst nächste Woche wieder an.«

»Moment mal«, sagt Lilly. »Hat Onkel Wolfram vorhin nicht irgendwas über ein Seminar gesagt? Die sind hier manchmal in den Ferien, da kommen ganz viele Lehrer. Wahrscheinlich wollte sie auch da hin.«

»Tja, das hat sie nun davon«, sage ich. »Das bedeutet, sie ist unser Versuchskaninchen.«

»Nichts dagegen«, sagt Aaron. »Aber dafür müssten wir sie isolieren. Wenn alle zusammen sind, ist die Gefahr zu groß, den Falschen zu treffen. Zu treffen.«

»Ja, im Zielen war ich nie der Beste«, sagt Paulchen. »Aber vielleicht geht das mit der Brille jetzt besser.«

»Darauf will ich mich nicht verlassen«, brummt Lilly. »Aaron hat recht, wir brauchen sie allein.«

»Das heißt, wir müssen die anderen weglocken«, sagt Aaron. »Und das geht wahrscheinlich am besten mit lebenden Ködern. Lebenden Ködern.«

»Damit meinst du uns, oder?«, fragt Gustav ängstlich.

»Ja«, antwortet Aaron. »Wir teilen uns auf. Jeder lockt einen der Zombies in eine andere Richtung. Paulchen bleibt bei demjenigen, der Mrs Wentworth weglockt. Wenn sie weit genug von den anderen entfernt ist, kommt die Sense zum Einsatz. Einsatz.«

»Alles klar, das kriegen wir hin«, sage ich. »Lilly und ich übernehmen Mrs Wentworth. Die anderen drei teilt ihr unter euch auf. Ist Auribus wieder wach?«

Ein leises Stöhnen ertönt vom Boden.

»Was … Wie … Warum wache ich denn heute ständig auf dem Boden auf?«, stammelt Auribus.

»Das war ein Unfall«, sage ich. »Bist du in der Lage, einen Zombie abzulenken?«

»Jederzeit«, sagt Auribus. »Im Ablenken hatte ich immer eine Eins.«

»Alles klar«, sage ich. »Dann übernimmst du den Direktor. Du musst ihn einfach nur von den anderen weglocken, ohne dich küssen zu lassen.«

»Gar kein Problem«, sagt Auribus. »Im Nicht-küssen-Lassen hatte ich sogar eine Eins plus.«

Wir helfen ihm hoch und gehen alle gemeinsam zur Eingangstür. Lilly legt eine Hand an die Klinke.

»Alle bereit?«, fragt sie.

Wir nicken.

»Okay, dann los!«

Sie öffnet die Tür und wir stürmen alle nach draußen.

Wir rennen auf die Gruppe zu. Jeder nimmt sich einen der Zombies vor und versucht, ihn von den anderen wegzulocken.

»Komm, Zombie, Zombie!«, ruft Aaron. »Gib mir einen Kuss! Kuss!«

»Knutschi! Knutschi!«, ruft Gustav.

Lilly und ich machen schmatzende Kussgeräusche in Richtung von Mrs Wentworth. Sie fixiert uns und wackelt uns hinterher.

»Es funktioniert!«, rufe ich.

Bei den anderen klappt es auch, die Zombies bewegen sich langsam voneinander weg. Es dauert eine Weile, dann sind alle ungefähr zehn Meter voneinander entfernt.

»Jetzt, Paulchen!«, ruft Aaron uns zu. »Halte den Regler mit einer Hand in der Mitte fest und drück mit der anderen Hand den Knopf! Den Knopf!«

»Alles klar, mach ich!«, ruft Paulchen zurück.

Er fummelt an der Sense herum. Dann richtet er sie auf Mrs Wentworth und drückt ab. Ein Blitz schießt heraus. Er schlägt in Mrs Wentworths Brust ein. Im nächsten Augenblick schießt er von dort aus weiter zum nächsten Zombie und dann zum nächsten, bis alle Zombies durch einen langen Blitz verbunden sind.

»Mist, eine Kettenreaktion!«, ruft Aaron. »Damit habe ich nicht gerechnet! Gerechnet!«

Die Zombies zappeln kurz unkontrolliert herum, dann verschwindet der Blitz.

Wir starren alle gespannt auf die Zombies. Von Direktor Hasenfuß sind alle Pflanzen abgefallen. Plötzlich bewegen sich die Zombies wieder auf uns zu. Und sie scheinen viel schneller zu sein als vorher, wir müssen fast rückwärtsrennen, um nicht von Mrs Wentworth angefallen zu werden.

»Schieß noch mal! Noch mal!«, ruft Aaron Paulchen zu.

Der nächste Blitz schießt aus der Sense und zieht sich über alle Zombies. Plötzlich fangen sie an zu wachsen.

»AAAAAAAH!«, schreit Gustav panisch. »WAS SOLL DENN DAS JETZT?«

»Ich weiß es nicht!«, antwortet Paulchen verzweifelt. »Das Ding spinnt total!«

Er drückt hektisch auf der Sense herum.

Als der Blitz wieder verschwindet, sehen wir uns vier

drei Meter großen Zombies gegenüber, die mit gespitzten Lippen bedrohlich auf uns zurücken. Allein die Vorstellung, von Mrs Wentworths riesigem Mund abgeschlabbert zu werden, jagt mir Ekelschauer über den Rücken.

»NO, MRS WENTWORTH!«, rufe ich ihr entgegen. »NO KITHING! PLEASE, NO KITHING!"

Sie rückt gänzlich unbeeindruckt näher, wir laufen, so schnell es geht, von ihr weg.

Ich gucke rüber zu den anderen. Oh, nein! Gustav ist gestolpert und hingefallen! Und Frau Schneider-Schnutzel kommt ihm immer näher!

»NOCH MAL!«, ruft Aaron in unsere Richtung. »PAULCHEN! SCHIESS NOCH MAL! NOCH MAL!«

Paulchen fuchtelt wieder hektisch an der Sense herum. Der nächste Blitz schießt heraus und überzieht die Zombies. Uff! Sie werden wieder kleiner! Gustav robbt mit Händen und Füßen rückwärts und schafft es schließlich aufzustehen.

Das Blitzen hört auf, die Zombies wackeln wieder langsamer auf uns zu.

»SIE SIND WIEDER WIE VORHER!«, ruft Aaron. »WIR SOLLTEN MIT DEM BLITZEN AUFHÖREN, DAS BRINGT NICHTS! RÜCKZUG! RÜCKZUG!«

Wir rennen alle gleichzeitig auf die Hausmeisterwohnung zu. Lilly ist als Erste dort, sie hält die Tür auf, bis wir alle drin sind, und knallt sie dann schnell zu.

Wir atmen tief schnaufend durch.

»Das … war wohl … nichts«, keucht Gustav. »Sie hätte mich … fast erwischt!«

»Tut mir leid, dass es nicht geklappt hat«, sagt Paulchen betrübt. »Aber der Regler hat sich plötzlich von allein hin und her bewegt, ich konnte ihn überhaupt nicht mehr kontrollieren.«

»Das ist ganz sicher nicht deine Schuld«, sagt Aaron. »Mit dieser Sense stimmt offensichtlich etwas nicht. Etwas nicht.«

»Und was machen wir jetzt?«, fragt Lilly. »Onkel Wolfram darf auf gar keinen Fall ein Zombie bleiben.«

»Natürlich nicht«, sage ich. »Die anderen auch nicht. Aber ich habe keine Ahnung, wie …«

Ein lautes BOING! an der Tür unterbricht mich und lässt uns alle erschreckt aufschreien. Es ist unser Zombie-Direktor, dessen Kopf von außen gegen die Tür gedonnert ist, wir sehen ihn durch die Glasscheibe.

BOING!

Und da ist auch schon Frau Schneider-Schnutzel.

BOING! BOING!

Und die anderen beiden sind auch da. Sie drängen alle gegen die Tür und drücken schmatzend ihre Lippen an die Glasscheibe.

»Ich kann nur hoffen, dass sich dieses Bild nicht in meinem Kopf festsetzt«, sagt Lilly angewidert. »Diese Scheibe werde *ich* jedenfalls nicht putzen, wenn das alles vorbei ist.«

»Ob die Tür wohl hält?«, fragt Gustav ängstlich.

»Gute Frage«, sagt Aaron. »Wir sollten lieber zurück in die Küche gehen. Vielleicht hören sie auf, so viel Druck auszuüben, wenn sie uns nicht sehen können. Sehen können.«

Wir gehen in die Küche und schließen die Tür hinter uns, das Geschmatze und Gegrunze der Zombies ist aber immer noch zu hören.

Wir setzen uns alle leicht erschöpft um den Tisch herum. Lilly holt eine Schüssel aus dem Kühlschrank und stellt sie zwischen uns.

»Hier, kleine Stärkung für alle«, sagt sie. »Schokoladenpudding, hat Onkel Wolfram heute Morgen gemacht.«

Sie greift ein paar Löffel aus der Schublade und legt sie auf den Tisch.

»Hoffentlich war es nicht sein Letzter«, sagt sie mit sehr besorgter Miene.

»Ganz bestimmt nicht«, sage ich. »Wir kriegen das schon wieder hin. Irgendwie.«

Jeder schnappt sich einen Löffel und wir fangen an, den Pudding zu essen.

»Der ist wirklich sehr lecker«, sagt Gustav.

Oh ja, das ist er. Alle schmatzen fast lauter als die Zombies draußen vor der Tür.

Eine Fliege landet auf dem Tisch und verwandelt sich im nächsten Moment in einen Mini-Elefanten.

Natürlich wissen wir sofort, wer das ist.

»Und da heißt es immer, man soll aus einer Mücke keinen Elefanten machen«, sagt Gustav grinsend.

»Hallo, Cornibus«, sage ich. »Möchtest du etwas Bestimmtes?«

»Ja!«, antwortet er. »Cornibus auch Schlotzoladepludding!«

»Ach was, ehrlich? Darauf wäre ich ja nie gekommen!«, sage ich lachend und wende mich an die anderen. »Was meint ihr? Darf Cornibus auch was von dem leckeren Schokopudding haben?«

»Hm, eine sehr schwierige Frage«, sagt Lilly gespielt nachdenklich. »Da muss ich erst mal überlegen.«

»Nicht überkegeln!«, sagt Cornibus und wackelt dabei ungeduldig mit seinem Elefantenschwänzchen. »Cornibus Schlotzoladepludding! Jetzt!«

»Na gut«, sagt Lilly. Dann wollen wir mal nicht so …«

»Halt, warte!«, unterbreche ich sie. »Du weißt, was dann gleich passiert?«

Ich schaufele schnell noch drei Löffel in mich hinein, die anderen machen es mir nach.

»Okay, jetzt darfst du«, sage ich zu Cornibus.

Er streckt seinen Rüssel in die Schüssel und schlürft sie innerhalb von drei Sekunden ratzeputz leer.

»Mehr!«, fordert er. »Mehr Schlotzoladepludding!«

»Tut mir leid, mehr gibt es nicht«, sagt Lilly seufzend. »Dafür müssen wir erst das mit den Zombies regeln.«

»Cornibus Plombies fressen?«

»Das ist leider keine Lösung«, sage ich. »Außerdem würden dir die sowieso nicht schmecken, die sind aus totem Fleisch.«

»Das wir unbedingt wieder lebendig machen müssen«, sagt Lilly. »Also, was …«

»Pssst, sei mal leise!«, unterbricht Aaron sie. »Hört ihr das? Ihr das?«

Wir lauschen alle angespannt.

»Also, ich höre gar nichts«, sage ich.

»Exakt«, sagt Aaron. »Kein Geschmatze, kein Donnern gegen die Tür. Sie scheinen weg zu sein. Zu sein.«

»O-oh«, sagt Gustav. »Das ist nicht gut.«

»Wieso?«, frage ich. »Jetzt ist der Weg nach draußen wieder frei.«

»Das meine ich nicht«, sagt Gustav. »Guckt selbst.«

Wir drängen uns wieder alle neben ihn ans Fenster. Die Zombies schwanken gerade auf eine Frau zu, die vom Lehrerparkplatz auf den Schulhof einbiegt.

»Ich kenne sie«, sagt Aaron. »Das ist Madame Berthet, wir haben sie nächstes Schuljahr in Französisch. Französisch.«

»Oh, nein, was macht sie denn jetzt?«, fragt Lilly. »Sie geht direkt auf die Zombies zu!«

»Ich fürchte, das wird eine französische Begrüßung. Begrüßung«, sagt Aaron.

Er hat leider recht. Diese Madame geht direkt auf unseren Zombie-Direktor zu und küsst ihn links und rechts auf die Wangen. Im nächsten Augenblick wird sie erbarmungslos von ihm und den anderen abgeschmatzt.

»Und wieder ein Zombie mehr«, sage ich seufzend.

»Verdammt, guckt mal, da!«, sagt Gustav.

Er zeigt auf den Zugang zum Parkplatz, wo plötzlich immer mehr Lehrer auftauchen.

»Dieses verfluchte Seminar«, knurrt Lilly. »Muss das ausgerechnet heute sein?«

»Der Holzapfel ist auch dabei«, sagt Gustav. »Die laufen geradewegs in ihr Verderben! Wir müssen sie warnen!«

Gustav fängt an, mit der Faust an die Fensterscheibe zu donnern.

»GEHT ZURÜCK!«, ruft er. »ZURÜCK!«

Der Holzapfel guckt zu uns herüber und winkt fröhlich. Und schon hat ihm Frau Schneider-Schnutzel einen Schmatzer aufgedrückt. Die anderen Lehrer werden ebenfalls alle abgeknutscht.

»Na super«, stöhne ich. »Jetzt haben wir eine ganze Bande von Zombie-Lehrern am Hals.«

»Das macht es nicht gerade einfacher«, sagt Gustav.

»Aber auch nicht unbedingt schwerer«, erwidert

Aaron. »Wenn wir *einen* Zombie wieder zurückholen können, können wir alle zurückholen. Das Grundproblem bleibt also gleich. Wie kriegen wir das hin? Das hin?«

»Ich bin ja offenbar keine große Hilfe«, sagt Paulchen seufzend. »Tut mir leid.«

»Du kannst doch nichts dafür, dass diese blöde Sense spinnt«, erwidere ich. »Ich frage mich ja, ob man sie vielleicht irgendwie reparieren kann.«

»Das ist Höllentechnik«, sagt Aaron. »Damit kenne ich mich leider überhaupt nicht aus. Dafür bräuchten wir Steven. Steven.«

»Mist, die Uhr ist noch drüben bei mir«, stelle ich fest.

»Dann müssen wir eben wieder rüber«, sagt Lilly. »Hier können wir sowieso nichts machen.«

»Das könnte schwierig werden«, sagt Gustav und zeigt nach draußen.

Oje. Fast alle Lehrer haben sich schon in Zombies verwandelt und ein paar von ihnen kommen direkt in unsere Richtung gewankt. Jetzt versammeln sich alle vor der Eingangstür, das Geschmatze ist deutlich zu hören.

»Wir müssen schleunigst hier raus«, sagt Aaron. »Ich fürchte, die Tür wird dem Druck nicht mehr lang standhalten. Standhalten.«

»Aber wie kommen wir an denen vorbei?«, fragt Gustav.

»Überhaupt nicht«, sagt Lilly. »Wir nehmen diesen Weg.«

Sie zeigt auf das Fenster.

Wir räumen schnell ein paar Sachen weg, die auf dem Fensterbrett stehen, und öffnen das Fenster.

»Seid möglichst leise beim Überqueren des Schulhofs«, sagt Aaron. »Ich glaube, sie reagieren auf Geräusche. Und es wäre von Vorteil, wenn sie uns nicht folgen. Nicht folgen.«

Wir nicken alle und einer nach dem anderen klettert aus dem Fenster. Als wir alle draußen sind, hören wir, wie die Glasscheibe der Eingangstür vorne zersplittert.

Eine Hand weniger

»Was ist denn bei euch da oben los?«, fragt Steven. »Hier unten leuchten inzwischen mehr Lichter auf als in einer Disco.«

Eine Disco? Was ist denn eine … Ah ja, doch, ich weiß, was das ist. Das ist bei uns in Abteilung 77 ein großer Raum mit lauter Musik und ganz vielen blinkenden Lichtern. Dort werden die Gehässigen Tanzlästerer bestraft. Das sind die, die immer nur neben der Tanzfläche stehen, selbst nicht tanzen, sich aber über andere fies lustig machen. Die kriegen Bänder um ihre Hände und Füße geschnallt, die ständig im Takt der Musik Stromschläge auslösen. So müssen sie pausenlos tanzen, während ein Haufen Dämonen um sie herumsteht und sie auslacht.

»Ja, das ist hier leider etwas aus dem Ruder gelaufen«, sage ich. »Diese Zombies vermehren sich schneller, als Papas Hörner wachsen, wenn er schlechte Laune hat.«

»Hat das nicht geklappt mit dem Todesbengel?«

»Doch, doch, Paulchen ist hier«, sage ich.

Ich drehe die Uhr kurz so, dass Steven Paulchen sehen kann. Paulchen winkt ihm verlegen zu.

»Hallo!«, begrüßt ihn Steven. »Ich glaube, ich habe noch nie einen Todesbengel mit Brille gesehen. Steht dir aber gut, du siehst außerordentlich entzückend aus.«

»Paulchen hat alles versucht«, sage ich. »An ihm liegt es nicht. Seine Sense funktioniert nicht richtig und jetzt haben wir uns gefragt, ob du uns vielleicht sagen kannst, wie man sie repariert?«

»Oh, tut mir leid«, sagt Steven. »Da kann ich euch leider gar nicht helfen. Diese Sensen funktionieren rein mit Dämonenkraft, da steckt keine Technik drin. Ich wollte mir das mal angucken, ob man sie irgendwie modernisieren kann, steht schon ewig auf meiner To-do-Liste, bin aber noch nicht dazu gekommen.«

»Okay, Mist«, sage ich seufzend. »Hast du denn vielleicht sonst noch irgendeinen Tipp, wie wir das mit den Zombies erledigen können?«

»Na ja, zur Not bleibt immer noch die Möglichkeit, ihnen die Köpfe zu zertrümmern«, antwortet Steven.

»Auf gar keinen Fall«, sagt Lilly. »Onkel Wolfram ist inzwischen auch ein Zombie.«

»Oh, okay, verstehe, dann ist das tatsächlich keine Möglichkeit«, sagt Steven. »Dann weiß ich aber leider auch nicht, wie ich euch weiterhelfen kann.«

»Kannst du uns sagen, wie viele Zombies es gerade sind?«, fragt Aaron. »Wir sollten vermeiden, dass einer verloren geht oder abhaut. Abhaut.«

»Ja, Moment«, sagt Steven. »Warte, ich zähle gerade die Lichter … Ja … Oh, da ist gerade noch eins angegangen … Demnach müssten es aktuell genau dreizehn Zombies sein.«

»Gut zu wissen, danke. Danke«, sagt Aaron.

»Ich versuche mal weiter rauszukriegen, was helfen könnte«, sagt Steven. »Oder soll ich gleich euren Vater hochschicken? Seine Hörner sind heute allerdings sehr lang.«

»Äh … nein, lass mal«, sage ich. »Das machen wir wirklich nur im äußersten Notfall.«

»Na gut«, sagt Steven. »Ich melde mich. Bis dann.«

Steven legt auf. Ich schaue die anderen ratlos an.

»Tja, was machen wir denn nun mit unseren dreizehn Zombies?«, frage ich.

»Wie gesagt, wir sollten auf jeden Fall unbedingt vermeiden, dass einer verloren geht«, sagt Aaron. »Stellt euch mal vor, es verläuft sich einer ins Dorf. Das gibt ein Kuss-Massaker. Kuss-Massaker.«

»Stimmt, das sollten wir verhindern«, stimmt Lilly zu. »Aber wie?«

»Wir müssten sie zusammentreiben und irgendwo einsperren. Einsperren«, sagt Aaron.

»Vielleicht in der Turnhalle?«, schlägt Gustav vor. »Da gibt es nur einen Eingang und die Tür ist sehr stabil.«

»Sehr gute Idee«, sagt Aaron. »Die Turnhalle ist perfekt. Jetzt müssen wir sie nur noch alle dorthin locken. Locken.«

»Kriegen wir das hin?«, frage ich. »Ich meine, das ist ein ziemlich weiter Weg.«

Die Turnhalle liegt ein ganzes Stück hinter dem Hauptgebäude, das könnte schwierig werden.

»Das wird schon gehen«, sagt Lilly. »Sie lassen sich ja gut locken. Das Schwierigste wird wahrscheinlich sein, sie alle zusammenzukriegen. Wer weiß, wo die mittlerweile da draußen rumstolpern.«

»Ja, wahrscheinlich müssen wir uns aufteilen und extrem vorsichtig sein«, sagt Aaron. »Haltet unbedingt die erforderliche Kussdistanz ein. Kussdistanz ein.«

»Ja, bitte«, sagt Lilly. »Ich habe keine Lust, dass mir einer von euch hinterherwackelt, um mich abzuschmatzen.«

»Alles klar«, sage ich. »Dann lasst uns wieder runtergehen.«

Ein paar Minuten später stehen wir in der Eingangshalle und spähen durch ein Fenster. Draußen schwanken einige der Zombies wahllos kreuz und quer auf dem Schulhof herum.

»Also, ich zähle acht«, sagt Gustav.

»Neun«, sagt Aaron. »Da drüben neben der Hausmeisterwohnung ist noch einer. Noch einer.«

»Habt ihr den, der dahinten den Baum knutscht?«, fragt Lilly.

»Ja«, sagt Aaron. »Das bedeutet, es fehlen fünf. Fehlen fünf.«

»Vielleicht sind noch welche bei uns drinnen?«, mutmaßt Lilly.

»Gut möglich«, sage ich. »Seht ihr irgendwo den Hasenfuß?«

»Nein«, antwortet Auribus. »Und Frau Schneider-Schnutzel scheint auch nicht dabei zu sein.«

»Da drüben ist Madame Berthet«, sagt Gustav. »Sie schmatzt den Holzapfel ab.«

»Okay, Lilly und ich übernehmen die Wohnung«, sage ich. »Vielleicht ist der Rest ja da drinnen. Ihr könnt so lange schon mal die anderen irgendwie zusammentreiben. Passt auf euch auf.«

Wir öffnen die große Eingangstür. Die ersten Zombies sehen uns und bewegen sich schwerfällig in unsere Richtung. Lilly und ich flitzen im Zickzack zwischen ihnen hindurch. Die anderen stoßen laute Schreie aus, um sie von uns abzulenken, es funktioniert.

Als wir an der kaputten Glastür angekommen sind, spähen wir vorsichtig in die Wohnung. Kein Zombie in Sicht, wir gehen hinein. Wir schleichen langsam den Flur entlang. Alle Türen, die vom Flur abgehen, stehen weit offen. Es sieht in jedem Zimmer so aus, als hätte eine Bombe eingeschlagen, Möbel wurden umgeworfen oder verschoben, Bilder liegen auf dem Boden, nichts ist mehr an seinem Platz.

»Blöde Zombies, blöde«, knurrt Lilly, als wir einen Blick in ihr verwüstetes Zimmer werfen. »Gibt's die nicht auch in zivilisiert?«

Wir gehen weiter geradeaus und betreten die Küche, als plötzlich etwas mein Fußgelenk umklammert.

»AAAAAH!«, rufe ich erschreckt. »WAS IST DAS?«

»GRMBL! … KS! … KS! … GRGL! … KS!«, ertönt es von rechts unten.

Eine Zombie-Lehrerin, die ich nicht kenne, kauert auf dem Boden und versucht, mein Bein an sich zu ziehen. Ein zweiter Zombie kriecht unter dem Küchentisch hervor und greift nach Lilly, sie springt aber rechtzeitig einen Schritt zurück.

Ich versuche hektisch, meinen Fuß aus dem Griff zu befreien, muss aber feststellen, dass Zombies offenbar viel kräftiger sind, als sie aussehen.

»VERDAMMT!«, rufe ich. »ICH KOMM NICHT LOS! LILLY, HILF MIR!«

»Alles klar, Moment!«, sagt sie.

Sie flitzt aus der Küche, verschwindet kurz in ihrem Zimmer und kommt mit ihrer Streitaxt zurück.

»Was soll das denn?«, frage ich sie verwirrt. »Wir waren uns doch einig, dass die Axt nicht infrage kommt.«

»Wir waren uns einig, dass wir keine Köpfe zertrümmern«, erwidert Lilly. »Ich will diesem miesen Zombie doch nur die Hand abhacken, damit er dich loslässt.«

»Das wirst du nicht tun!«, sage ich bestimmt. »Das ist nicht einfach irgendein Zombie, das ist eine Lehrerin. Du fändest es bestimmt auch nicht lustig, wenn man dich vom Zombie zurückverwandelt und du plötzlich eine Hand weniger hast.«

»Aber vielleicht wächst die ja bei der Verwandlung einfach wieder nach.«

»Das wissen wir aber nicht. Außerdem habe ich keine Lust, die nächste Zeit mit einer schimmeligen Hand am Fußgelenk rumzulaufen.«

»Das ist kein Schimmel«, sagt Lilly und zeigt auf ein Regal neben dem Kühlschrank. »Die haben die Mehldose abgeräumt.«

»Ist doch völlig egal, was das ist!«, erwidere ich. »Du wirst jedenfalls nicht diese Hand abhacken!«

»Schon gut, okay«, stöhnt Lilly mit verdrehten Augen. »Wofür hat man denn eigentlich so eine tolle Axt, wenn man sie nie benutzen darf?«

Sie lehnt die Axt an die Küchenwand, umklammert mich von hinten und zieht, so fest sie kann, an mir. Endlich löst sich die Hand von meinem Fuß.

»Siehst du, geht auch ohne Axt«, sage ich. »Danke für die Hilfe. Jetzt aber raus hier, oder?«

»Ja, aber nicht ohne die Zombies.«

Lilly fängt an, sie mit Kussgeräuschen aus der Küche zu locken, sie krabbeln langsam den Flur entlang. Als sie am Türrahmen angekommen sind, ziehen sie sich daran nach oben und trotten hinter uns her.

In der Mitte des Schulhofs haben die anderen mittlerweile den Rest versammelt.

»Einen haben wir noch gefunden!«, ruft Gustav uns zu. »Er war im Werkzeugschuppen. Ihr habt auch noch welche?«

»Ja, zwei!«, rufe ich ihm entgegen.

»Dann fehlen nur noch der Direktor und Frau Schneider-Schnutzel«, stellt Auribus fest.

»Hat schon jemand draußen auf den Weg ins Dorf geguckt?«, fragt Lilly.

»Nein«, antwortet Aaron. »Wir waren nur innerhalb des Schulgeländes. Schulgeländes.«

»Okay, dann gucken wir mal«, sagt Lilly. »Komm, Luzie.«

Wir flitzen gemeinsam nach vorne an die schmale Straße, die an St. Fidibus vorbeiführt. Lilly guckt nach links, ich nach rechts.

»Da sind sie!«, sagt Lilly aufgeregt. »Da vorne an der Bushaltestelle!«

Sie zeigt die Straße hinunter.

Ja, jetzt sehe ich sie auch. Sie stehen etwa hundert Meter von uns entfernt vor einer kleinen Bank am Straßenrand und knutschen sich gegenseitig ab.

»Verdammt!«, flucht Lilly. »Da kommt ein Bus!«

Tatsache, ein Stück weiter unten fährt ein Bus in Richtung unserer Zombies, er ist fast schon bei ihnen.

»Schnell!«, sagt Lilly und wir flitzen los.

Wir sind noch einige Meter entfernt, als der Bus anhält und der Fahrer die Tür öffnet. Unsere beiden Zombies steigen ein.

»HALT! STOPP! NICHT!«, ruft Lilly.

Wir erreichen die Tür und Lilly zieht den Hasenfuß hinten an der Hose zurück nach draußen. Dort drückt sie ihn bäuchlings auf den Boden und setzt sich auf ihn, damit er sie nicht küssen kann. Ich hetze in den Bus und kann Frau Schneider-Schnutzel gerade noch so hinten

an ihrer Jacke festhalten, bevor sie den Busfahrer abschlabbert.

»Hey, was wird das denn?«, beschwert sich der Busfahrer. »Ein Busüberfall? Lasst sofort die Leute los, sonst rufe ich die Polizei!«

»Nein, nein!«, erwidert Lilly. »Das verstehen Sie falsch! Das sind unser Onkel und unsere Tante!«

»Umso schlimmer!«, erwidert der Fahrer. »So geht man doch nicht mit den eigenen Verwandten um! Schon gar nicht, wenn sie so nett sind! Eure Tante wollte mich sogar gerade zur Begrüßung küssen!«

»Nein, sie wollte Sie beißen!«, ruft Lilly ihm entgegen. »Die beiden sind leider sehr krank! Sie vergessen ständig, wer sie sind! Und manchmal, so wie heute, halten sie sich für Zombies und beißen alle Leute! Wir bringen sie gleich zurück in die Klinik!«

»Oh! … Aha … Das ist natürlich …«, sagt der Busfahrer. »Dann bringt sie bitte ganz schnell hier raus! Ich möchte nicht, dass meine Fahrgäste gebissen werden!«

Ich ziehe Frau Schneider-Schnutzel rückwärts aus dem Bus. Sie ist kaum draußen, da schließt sich schon zischend die Bustür und der Fahrer düst mit Vollgas davon.

»Puh, das war knapp«, sagt Lilly aufatmend. »Nur zwei Minuten später und im Dorf wäre ein Bus voller Zombies angekommen.«

»Ja, Glück gehabt«, sage ich. »Komm, lass uns die zwei zu den anderen bringen.«

Lilly steht auf, der Zombie-Hasenfuß erhebt sich schwerfällig und wir locken die beiden mit gespitzten Lippen und Kussgeräuschen zurück in Richtung St. Fidibus.

Nicht die Lösung

»… elf, zwölf, dreizehn«, zählt Aaron. »Wenn nicht noch zwischendurch einer dazugekommen ist, von dem wir nichts wissen, haben wir alle. Wir alle.«

»Sehr gut«, sage ich. »Jetzt müssen wir sie nur noch zur Turnhalle locken, ohne unterwegs welche zu verlieren.«

»Wir bräuchten so einen australischen Hirtenhund«, sagt Gustav. »Die hab ich mal im Fernsehen gesehen. Die flitzen immer rund um die Schafherde herum und sorgen dafür, dass keins abhaut. Das war sehr beeindruckend.«

»Wir haben aber keinen australischen Hirtenhund. Hirtenhund«, sagt Aaron.

»Ich weiß, war doch nur ein Spaß«, sagt Gustav.

»Moment mal«, sage ich grinsend. »Wer sagt, dass wir keinen australischen Hirtenhund haben? Wir haben jeden Hund, den wir wollen.«

Die Frage ist nur, wo er gerade ist. Ich gucke in meinen Jackentaschen nach, da ist er schon mal nicht.

»CORNIBUS?«, rufe ich. »BIST DU HIER IRGENDWO? WIR BRAUCHEN DICH!«

Eine Taube schwingt sich vom Dach des Schulgebäudes und landet auf meiner Schulter.

»Ah, da bist du ja«, sage ich. »Sag mal, kannst du dich in einen australischen Hirtenhund verwandeln und uns helfen, die Zombies zur Turnhalle zu treiben?«

»Cornibus jedes Tier verwandeln«, antwortet er. »Und Plombies treiben kein Problem.«

Er flattert von meiner Schulter und verwandelt sich auf dem Boden in einen australischen Hirtenhund.

»Super!«, sage ich. »Wir locken sie vorwärts und du passt auf, dass keiner aus der Gruppe ausbricht.«

Cornibus bellt einmal laut und fängt sofort damit an, die Zombie-Herde zu umkreisen.

Wir locken sie mit Kuss- und Schmatzgeräuschen und ausreichend Abstand langsam über den Schulhof in Richtung des schmalen Wegs, der zur Turnhalle führt. Auf dem Weg wird es etwas schwieriger, weil dort nur zwei Zombies nebeneinanderlaufen können. Manche bleiben kurz in Gebüschen hängen oder fallen hin, aber

Cornibus schafft es immer wieder, sie alle zusammenzutreiben.

An der Turnhalle sprintet Lilly vor, damit sie die große Tür aufhalten kann.

»Mist!«, flucht sie zu uns rüber. »Abgeschlossen!«

»Verdammt«, sagt Aaron seufzend. »Daran haben wir nicht gedacht. Es sind noch Ferien. Natürlich ist die Turnhalle abgeschlossen. Abgeschlossen.«

»Onkel Wolfram müsste den Schlüssel dabeihaben«, sagt Lilly. »Er hat normalerweise alle Schlüssel für die Schule an einem dicken Schlüsselbund in seiner Hosentasche.«

Unsere Blicke schweifen über die Zombie-Herde. Ich entdecke Onkel Wolfram, er steht mittendrin.

»Da ist er«, sage ich. »Aber wie kommen wir an ihn heran, ohne abgeschlabbert zu werden?«

»Ich mache das«, sagt Paulchen. »Mich können sie nicht küssen.«

»Stimmt, du hast keinen festen Körper«, sagt Aaron. »Aber wie kannst du dann den Schlüssel greifen? Schlüssel greifen?«

»Das muss ich nicht«, sagt Paulchen. »Die Sense hat doch eine Saugfunktion, damit kriege ich den Schlüsselbund aus der Tasche gesaugt.«

Stimmt, damit hat er ja vorhin die Asche weggesaugt, das könnte funktionieren.

Paulchen öffnet die Klappe oben an der Sense, das surrende Geräusch ertönt wieder.

Er geht durch die Zombies hindurch, bis er neben Onkel Wolfram steht.

»Es müsste die rechte Tasche sein!«, ruft Lilly ihm zu.

Paulchen richtet seine Saugsense auf Onkel Wolframs rechte Hosentasche, ein laut klapperndes Geräusch erklingt.

»Ich glaube, ich hab ihn!«, ruft Paulchen uns zu.

»Super!«, rufe ich zurück. »Dann komm wieder her!«

Als er wieder bei uns ist, dreht er die Sense um. Asche rieselt heraus, dann ein paar Münzen und schließlich der Schlüsselbund.

»Perfekt!«, sagt Lilly.

Sie hebt den Schlüsselbund vom Boden auf und geht damit an die Tür der Turnhalle.

Nachdem sie einige Schlüssel ausprobiert hat, ertönt endlich das gewünschte Klacken und die Tür lässt sich öffnen.

»Dann mal rein mit der Zombiebande!«, sagt sie.

Wir locken die Zombies in den Eingangsbereich der Turnhalle.

»Alles klar«, sagt Lilly. »Und jetzt?«

»Jetzt schließen wir die Tür von außen ab und überlegen draußen in Ruhe, was wir als Nächstes machen«, sagt Aaron. »Hier drinnen können sie keinen Schaden anrichten und sich vor allem nicht vermehren, das ist erst mal das Wichtigste. Wichtigste.«

Cornibus treibt die Herde noch in eine Ecke und wir verlassen alle die Turnhalle. Lilly schließt ab und wir laufen langsam zusammen zurück in Richtung Schulgebäude.

»Hast du noch irgendeine Idee, was wir machen könnten?«, frage ich Paulchen.

»Nein«, seufzt Paulchen. »Und das tut mir auch alles so leid, ist ja schließlich meine Schuld. Aber wenn ihr nicht zufällig eine Zeitmaschine habt, mit der man vier Tage zurückreisen und das alles ungeschehen machen könnte, fällt mir leider auch nichts mehr ein.«

»Die Zeitmaschine!«, platzt Gustav heraus. »Genau, das ist es doch! Steven soll uns die Zeitmaschine hochbringen und dann reisen wir einfach vier Tage zurück und halten Paulchen davon ab, mit der kaputten Sense auf den Hasenfuß zu schießen! Das klappt bestimmt!«

»Sehr gute Idee!«, sagt Lilly begeistert. »Da hätten wir auch früher dran denken können!«

»Das sollte eigentlich nur ein Witz sein«, sagt Paulchen. »Ihr habt wirklich eine Zeitmaschine?«

»Nein, haben wir nicht«, erwidere ich seufzend. »Papa hat sie in tausend Teile zertrümmert, nachdem Steven versucht hatte, ihn damit reinzulegen. Hat mir Steven erzählt, als ich unten war. Das wäre natürlich sehr praktisch gewesen, aber die Zeitmaschine ist leider nicht die Lösung.«

»Mist«, seufzt Gustav. »Damit wäre es wirklich … AAAAAH!«

Ein Zombie bricht plötzlich durch ein Gebüsch auf einem kleinen Hügel am Rand des Wegs.

»GRMBL! … KS! … KS!«, krächzt er, während er von rechts oben genau auf uns zustolpert.

Den kenne ich, das ist unser Sportlehrer, Herr Schlotterhose.

»Offenbar waren es doch mehr als dreizehn«, sagt Aaron. »Wahrscheinlich wurde er später gek…«

Weiter kommt er nicht, denn der Zombie stürzt genau auf ihn drauf, begräbt ihn unter sich und stößt wilde Schmatzgeräusche aus.

»AARON, NEIN!«, rufe ich entsetzt.

Wir stürzen uns alle auf den Zombie und ziehen ihn von Aaron herunter. Auribus wirft ihn ein paar Meter von uns entfernt zu Boden.

»Setz dich auf ihn!«, sagt Lilly. »Mit dem Kopf nach unten!«

Auribus macht es, wir helfen Aaron schnell hoch.

»Alles okay bei dir?«, frage ich ihn besorgt.

»Geküsst. Geküsst«, beendet er das letzte, nicht ausgesprochene Wort.

Er schüttelt sich einmal kräftig. Dann dreht er sich um und läuft auf die Turnhalle zu.

»Lilly, du müsstest bitte mitkommen«, sagt er. »Du musst mir aufschließen. Aufschließen.«

»Aufschließen?«, frage ich verwundert. »Wieso denn aufschließen?«

Wir laufen ihm alle hinterher.

»Bringt Herrn Schlotterhose am besten gleich mit«, sagt er. »Dann spart ihr einen Weg. Einen Weg.«

»Einen Weg sparen?«, frage ich verwirrt. »Wieso denn? Wofür denn?«

»Ich fürchte, ich ahne, was los ist«, sagt Lilly. »Der Zombie hat ihn erwischt.«

»Oh, nein!«, sagt Gustav.

Er schlägt sich entsetzt eine Hand vor den Mund.

»Stimmt das?«, frage ich Aaron. »Hat er dich geküsst?«

»Ich fürchte, ja«, antwortet Aaron. »Ich konnte seine Lippen deutlich an meiner linken Wange spüren. Ich gehe zu den anderen in die Turnhalle, um euch nicht zu gefährden. Gefährden.«

Er stapft entschlossenen Schrittes weiter.

»Was? Aber … warte doch mal!«, versuche ich ihn aufzuhalten. »Du weißt es doch gar nicht genau! Vielleicht hat er dich nur gestreift oder so und du wirst gar nicht zum Zombie! Du darfst einfach nicht zum Zombie werden!«

»Ich fürchte, das kann ich mir nicht aussuchen«, sagt Aaron. »Und wir dürfen nichts riskieren. Riskieren.«

»Aber … aber du kannst da nicht rein!«, erwidere ich. »Dann wirst du von den ganzen Zombies abgeknutscht!«

»Davor habe ich keine Angst«, sagt Aaron. »Meine Oma macht das auch immer, wenn sie zu Besuch kommt. Schlimmer kann es nicht werden. Außerdem merke ich höchstwahrscheinlich gar nichts davon. Ich bin ja gleich selbst ein Zombie. Zombie.«

»Aber ich will nicht, dass du ein Zombie wirst!«, erwidere ich verzweifelt. »Keiner meiner Freunde soll ein Zombie sein!«

»Er hat recht«, sagt Lilly leise. »Es ist besser, wenn er dadrin ist. Dann ist er keine Gefahr für andere. Und wir wissen wenigstens, wo er ist.«

»Genau«, stimmt Aaron ihr zu. »Und da ich mir sicher bin, dass ihr bald eine Lösung findet, mache ich mir auch keine Sorgen, dass mein Zombiezustand dauerhaft sein könnte. Ihr kriegt das schon hin. Schon hin.«

»Und ob wir das hinkriegen«, sage ich entschlossen.

»Ich rufe gleich Steven an, er soll sofort Papa hochschicken. Was anderes fällt uns ja sowieso nicht mehr ein. Mir egal, ob er dann sauer, genervt oder sonst was ist. Mir reicht's jetzt mit diesen blöden Zombies.«

»Gut«, sagt Aaron. »Dann sehen wir uns ja ganz bald in alter Frische wieder. Frische wieder.«

»Das verspreche ich dir«, sage ich und drücke ihn fest an mich. »Du wirst nicht lang ein Zombie sein.«

Wir stehen vor der Turnhallentür, Lilly steckt den Schlüssel in das Schloss.

»Sei vorsichtig!«, warnt Gustav sie. »Zombies stehen oft hinter Türen und fallen über einen her, sobald man sie aufmacht.«

»Alles klar«, sagt Lilly.

Sie dreht den Schlüssel um und öffnet die Tür zaghaft einen Spaltbreit.

»Es ist verdächtig ruhig da drinnen«, sagt sie.

Sie schiebt ihren Kopf durch den Türspalt.

»Sie sind weg«, sagt sie. »Kein einziger Zombie zu sehen.«

Wir treten in den Eingangsbereich der Turnhalle. Tatsache, kein Zombie in Sicht.

»Wo sind die denn hin?«, frage ich verwundert.

Aaron zeigt auf eine offen stehende Tür vor uns.

»Ich vermute, sie sind in der Halle«, sagt er. »Sie könnten … könnten … könnten …«

Oh, nein, es ist so weit! Aarons Augen werden schlagartig glasig, wie bei Onkel Wolfram vorhin. Er wird zum Zombie.

»GRMBL! … GRGL! … KS! KS!«, krächzt er.

Er streckt seine Arme nach mir aus und spitzt seine Lippen. Wir rücken schnell ein paar Schritte von ihm ab.

»Wir sollten ihn zu den anderen locken«, schlägt Lilly vor.

Wir laufen alle rückwärts auf die Tür zu, Aaron folgt uns schwankend.

Als wir die Turnhalle betreten, ist kein einziger Zombie zu sehen.

»Verdammt, wo sind die denn?«, wundert sich Lilly.

»Hört ihr das?«, fragt Gustav. »Das sind Schmatzgeräusche. Sie kommen aus dem Geräteraum da drüben.«

Er zeigt auf den Raum, aus dem wir im Sportunterricht immer die Matten und alles Mögliche schleppen müssen. Die Tür dort lässt sich nach oben aufschieben, sie ist geöffnet.

Wir gehen langsam näher heran und locken Aaron weiter hinter uns her. Als wir nah genug dran sind, um in den Geräteraum zu spähen, trauen wir unseren Augen kaum. Die Zombies stehen dort alle um den kleinen Käfig herum, der mit unterschiedlichen Bällen gefüllt ist. Jeder von ihnen hält einen Ball mit beiden Händen vor sich und knutscht ihn laut schmatzend ab.

Wir gucken uns alle an. Lilly schlägt sich schnell eine Hand vor den Mund. Okay, es geht offenbar nicht nur

mir so, die anderen kämpfen auch damit, nicht laut loszulachen – das sieht einfach zu bescheuert aus. Dass wir uns angucken, ist nicht gerade hilfreich, ich kann nicht mehr und pruste ein lautes Lachen in die Turnhalle, die anderen müssen sofort mitlachen.

Als die Zombies uns hören und gleich darauf auch sehen, lassen sie sofort alle Bälle auf den Boden purzeln und bewegen sich auf uns zu. Wir ziehen uns immer noch lachend schnell ein paar Schritte in Richtung Hallenmitte zurück, die Zombies rücken nach.

Als wir noch ein Stück weiter zurückweichen, stolpert

Paulchen über seine Sense. Er landet auf dem Hintern, im selben Moment schießt ein Blitz aus der Sense, der alle Zombies überzieht.

»Oh, Mist!«, flucht Paulchen. »'tschuldigung, das wollte ich nicht!«

Die Zombies zappeln kurz, dann konzentrieren sie sich wieder auf uns und kommen näher – und zwar wesentlich schneller als vorher!

»Verdammt!«, flucht Lilly. »Du hast sie wieder schneller gemacht!«

»Diese blöde Sense!«, schimpft Gustav.

»Soll ich noch mal auf sie schießen?«, fragt Paulchen.

»Auf gar keinen Fall!«, sagt Lilly. »Sonst werden sie wahrscheinlich wieder größer!«

Drei der Zombies steuern direkt und leider sehr schnell auf Gustav zu. Er versucht, einen Haken zu schlagen, rutscht dabei aus und fällt hin. Im nächsten Moment liegen die Zombies auf ihm und schlabbern ihn ab.

»Nein, Gustav!«, rufe ich entsetzt.

Zwei andere Zombies haben Auribus erwischt, er liegt jetzt ebenfalls auf dem Boden.

»Auribus!«, rufe ich ihm zu.

»Kümmert euch nicht um mich!«, ruft er zurück. »Ich werd's überleben! Im Überleben hatte ich immer eine Eins!«

Die restlichen Zombies verteilen sich rasch auf die beiden am Boden liegenden Haufen.

Ich will zu Gustav rennen, um ihm zu helfen, aber Lilly hält mich am Arm zurück.

»Du kannst nichts mehr machen!«, sagt sie. »Wir sollten abhauen, solang sie noch mit den beiden beschäftigt sind!«

»Aber, wir können doch nicht …«, erwidere ich.

»Doch, können wir!«, würgt Lilly mich ab. »Komm jetzt!«

Ein paar der Zombies schauen zu uns. Sie lösen sich von den Haufen und fixieren uns. Dann rennen sie los.

»LUZIE! JETZT!«, schreit Lilly mich an.

Sie schnappt sich meine Hand und zieht mich hinter sich her.

Wir rennen auf den Ausgang der Turnhalle zu, die Zombies folgen uns. Als wir an der Tür sind, will Lilly anhalten, um sie abzuschließen. Ich drehe mich um, die Zombies sind verdammt dicht hinter uns.

»Die Zeit reicht nicht!«, sage ich zu Lilly, die hektisch am Schlüsselbund herumfingert. »Wir müssen hier weg!«

Sie lässt den Schlüsselbund fallen und wir rennen, so schnell wir können, auf das Schulgebäude zu, die Zombies beängstigend dicht auf unseren Fersen.

Eine Motorsäge

Wir erreichen den Schulhof und die Zombies sind immer noch dicht hinter uns, sie holen sogar auf.

»Wohin jetzt?«, frage ich keuchend.

»Keine Ahnung!«, antwortet Lilly.

Wir rennen weiter und sehen uns hektisch um.

»Der Geräteschuppen!«, ruft Lilly.

Sie zeigt auf den kleinen Schuppen neben der Hausmeisterwohnung, die Tür steht offen.

»Schnell, da rein!«, ruft Lilly und ich folge ihr.

Wir schaffen es gerade noch so vor den Zombies in den Schuppen, Lilly schlägt schnell die Tür zu.

»Uff, das war knapp!«, sagt sie keuchend.

Wir setzen uns auf eine Kiste und atmen erst mal tief durch. Draußen sind die Zombies zu hören. Sie donnern immer wieder gegen die Tür und machen laute Schmatzgeräusche, der ganze Schuppen wackelt.

»Glaubst du, die Tür hält?«, frage ich Lilly. »Sollten wir nicht besser abschließen?«

»Der Schlüssel liegt vor der Turnhalle«, antwortet sie. »Aber die Tür hat einen Drehknopf und Zombies sind ja zum Glück nicht die Hellsten, das kriegen die nicht hin.«

»Na, hoffentlich«, sage ich.

»Auf lange Sicht hilft uns das aber auch nicht. Wir können nicht ewig hierbleiben. Außerdem weiß ich nicht, ob der Schuppen auf Dauer dem Druck standhält, er ist schon ziemlich baufällig. Du solltest also lieber so schnell wie möglich Papa anrufen, damit er dem Spuk hier ein Ende bereitet.«

»Äh … da gibt es ein kleines Problem«, sage ich. »Die Uhr liegt oben bei mir auf dem Bett.«

»Oh nein, Mist«, seufzt Lilly. »Und wir kommen hier nicht raus.«

Das Geschmatze der Zombies wird lauter und der Schuppen wackelt laut knirschend immer mehr.

»Okay«, sagt Lilly und steht auf. »Dann hilft leider nur noch eins.«

Sie geht an die gegenüberliegende Wand, an der sauber aufgereiht einige Geräte hängen. Sie greift nach einem der Geräte und zieht es von der Wand. Ich weiß, was das ist. Das ist eine Motorsäge, Papas Lieblingsinstrument. Er hat für jede Tonlage eine und gibt unten bei uns sogar manchmal ein Motorsägenkonzert. Und wenn jemand nicht applaudiert, ist er plötzlich einen Kopf kürzer. Ich fürchte allerdings, Lilly will das Ding nicht zum Musizieren benutzen.

»Auf gar keinen Fall!«, sage ich. »Du wirst Aaron nicht den Kopf durchsägen!«

»Das habe ich auch nicht vor«, erwidert Lilly. »Und Onkel Wolfram und Gustav und Auribus auch nicht. Aber wir müssen hier raus. Und gegen so viele haben wir keine Chance. Es müssen also ein paar Lehrer dran glauben. Ich werde uns den Weg freisägen.«

Hm. Also, auf ein paar Lehrer könnte ich grundsätzlich gut verzichten. Aber das gibt sicher nur Ärger hinterher, wenn denen plötzlich irgendwelche Körperteile oder sogar die Köpfe fehlen.

»Nein, Lilly, das ist nicht die richtige …«

Lilly wirft die Motorsäge an, der Lärm übertönt mich schlagartig.

»WIE BITTE?«, ruft Lilly mir grinsend entgegen. »ICH KANN DICH NICHT HÖREN!«

Ich glaube eher, sie *will* mich nicht hören. Sie geht mit der Motorsäge im Anschlag auf die Tür zu. Ich springe auf, um sie zurückzuhalten, als Paulchen plötzlich durch die Tür kommt.

»Ah, da seid ihr ja!«, ruft er uns erfreut entgegen. »Ich habe euch gesucht, ihr wart so schnell aus der Turnhalle draußen, ich bin nicht hinterhergekommen.«

»WAS SAGT ER?«, fragt Lilly. »ICH SOLL GANZ SCHNELL MIT DEM SÄGEN ANFANGEN?«

»AUSSCHALTEN!«, erwidere ich. »DU SOLLST DIE SÄGE AUSSCHALTEN! SOFORT!«

Lilly verdreht genervt die Augen und schaltet die Motorsäge aus.

»Paulchen!«, sage ich aufgeregt. »Du kommst wie gerufen! Du kannst doch bestimmt schnell in mein Zimmer flitzen und die Uhr einsaugen, die auf meinem Bett liegt, oder?«

»Klar, kein Problem«, antwortet Paulchen. »Bin gleich wieder da.«

Er verschwindet durch eine Seitenwand des Schuppens. Lilly hängt die Motorsäge zurück an die Wand.

»Moment mal«, sagt sie. »Es ist auf einmal so still da draußen.«

Stimmt, man hört keine Schmatzgeräusche mehr und das Poltern an der Tür hat auch aufgehört.

»Vielleicht hat der Lärm der Motorsäge sie vertrieben?«, mutmaße ich.

»Ja, vielleicht.«

Plötzlich ruckelt es am Türgriff. Der runde Knauf dreht sich hin und her. Dann schwingt die Tür langsam auf und wir sehen Aaron.

»GRMBL! … GRGL … KS! KS!«, krächzt er und ich könnte schwören, ein Grinsen in seinem Zombiegesicht zu erkennen.

»Verdammt«, zischt Lilly. »Damit war nicht zu rechnen. Aaron ist wahrscheinlich der schlauste Zombie aller Zeiten. Er kann sogar Türen öffnen.«

Im nächsten Moment stürmen alle Zombies auf uns zu. Lilly und ich strecken ihnen instinktiv die Hände entgegen. Unsere blauen Blitze schießen nach vorne und bauen ein Kraftfeld auf, das die Zombies zurückhält. Das scheint ihnen aber nicht viel auszumachen, sie drängen immer weiter dagegen.

»Ich weiß nicht, wie lang wir das aufrechterhalten können!«, sagt Lilly. »Ich spüre schon, wie es schwächer wird!«

»Ich auch!«

Ich nehme all meine Kraft zusammen und konzentriere mich auf die Blitze, aber es hilft nicht, sie werden immer schwächer.

Kurz darauf bricht der erste Zombie durch das Kraftfeld. Es ist Frau Schneider-Schnutzel, sie steuert mit gespitzten Lippen fies schmatzend direkt auf mich zu. Ich gucke zu Lilly hinüber, sie wird gerade vom Holzapfel bedrängt. Ich weiche immer weiter zurück, bis ich eine Wand an meinem Rücken spüre. Mit aller Kraft versuche ich, den Schneider-Schnutzel-Zombie von mir wegzudrücken, aber sie ist stärker als ich, ihr Gesicht mit den gespitzten Lippen kommt meinem immer näher. Das war's dann wohl für mich, ich kann sie nicht mehr lang …

»WUFF! WUFF!«, ertönt plötzlich ein Bellen hinter Frau Schneider-Schnutzel. »PLOMBIE LUZIE IN RUHE LASSEN!«

Das ist Cornibus! Ich schaue an Frau Schneider-Schnutzel vorbei. Er ist immer noch ein australischer Hirtenhund und steht direkt hinter ihr. Sie kommt mir noch näher, ihre Lippen sind jetzt ganz dicht an meiner linken Wange. Plötzlich springt Cornibus an ihr hoch und versenkt seine Zähne in ihrem Hintern. Als er wieder auf dem Boden landet, hat er einen großen Fetzen von ihrer Hose im Maul. Frau Schneider-Schnutzel erstarrt in ihrer Bewegung. Ich schaue ihr direkt in die Augen, die im nächsten Moment wieder klar werden.

»Was … Wo … Von Turbsnatas?«, stammelt sie. »Wie kommen Sie denn … Wieso …«

Ihre Augen schließen sich und ohne ein weiteres Wort sackt sie vor mir auf dem Boden zusammen.

Was … Warum … Sie schien wieder normal zu sein, bevor sie umgekippt ist, also, kein Zombie. Einfach so? Oder könnte es etwa sein, dass der Biss von Cornibus …

»Cornibus!«, rufe ich ihm zu. »Beiß alle Zombies in den Hintern! Los, schnell! Fang mit dem Holzapfel an!«

»Okay«, antwortet er. »Cornibus alle Plombies beißen.«

Er springt rüber zu Lilly, die nach wie vor vom Holzapfel bedrängt wird. Cornibus schnappt einmal kräftig zu. Der Holzapfel brabbelt kurz etwas, dann sackt auch er auf dem Boden zusammen.

»Super, Cornibus!«, feuere ich ihn an. »Jetzt beiß Aaron! Und danach gleich Gustav! Und dann alle anderen!«

Drei Minuten später liegen alle Zombies im Schuppen verteilt auf dem Boden.

»Puh, das war aber echt in allerletzter Sekunde«, sagt Lilly erleichtert. »Ich konnte seine Lippen schon fast spüren. Aber was ist denn passiert? Wieso sind die alle plötzlich keine Zombies mehr? Nur, weil Cornibus sie gebissen hat?«

»Sieht ganz so aus«, sage ich.

Ich beuge mich zu Cornibus herunter und kraule seinen Kopf kräftig mit beiden Händen.

»Das hättest du uns ja ruhig mal früher verraten können, dass dein Biss Zombies heilen kann, du kleiner Schlingel«, sage ich. »Das hätte uns ganz viel Ärger und Aufregung erspart.«

»Cornibus nicht verwusst. Vorher nie Plombie bebissen.«

»Ist ja auch egal«, sage ich und knuddle ihn weiter. »Hauptsache, du hast uns gerettet. Das hast du nämlich. Und dafür kriegst du nachher alle Tafeln Schokolade, die ich noch oben habe, auf einmal.«

Ich drücke ihn ganz fest an mich. Er schleckt mir einmal mit seiner Hundezunge übers Gesicht.

»Na super!«, sage ich lachend. »Jetzt wurde ich doch noch abgeschlabbert!«

»Cornibus noch mehr Plombies beißen?«

»Nein, das müssten alle gewesen sein«, antworte ich.

»Cornibus froh. Luzie recht gehabt. Plombies nicht schmecken. Darum Cornibus auch nicht verschluckt. Nur bebissen.«

»Das hast du genau richtig gemacht«, sage ich. »Wäre ja blöd, wenn denen jetzt ein Stück Hintern fehlen würde, wenn sie wieder aufwachen.«

»*Falls* sie überhaupt wieder aufwachen«, sagt Lilly mit besorgter Miene. »Sie sind doch hoffentlich nicht … tot? Es regt sich kein Einziger.«

Oh, daran habe ich noch gar nicht gedacht. Das wäre natürlich eine Katastrophe. Ich beuge mich schnell zu Frau Schneider-Schnutzel herunter. Uff!

»Sie atmet!«, sage ich. »Das bedeutet, sie ist nicht tot, oder? Tote atmen nicht, oder?«

»Nein, Tote atmen nicht«, sagt Lilly erleichtert. »Dann sind sie wahrscheinlich nur ohnmächtig.«

»Sollen wir versuchen, sie zu wecken?«

»Hm, gute Frage. Vielleicht sollten wir sie …«

»Hier, die Uhr!«, unterbricht sie Paulchen, der gerade durch die Seitenwand geflitzt kommt. »Sorry, schneller ging es ni… Oh! Was ist denn hier passiert? Das war jetzt aber nicht ich, oder?«

»Nein, keine Sorge«, sage ich. »Das warst definitiv nicht du. Das war Cornibus. Offenbar kann der Biss eines Hausdämons Zombies zurückholen. Er hat uns gerettet, das war verdammt knapp.«

»Oh, das ist allerdings überraschend«, sagt Paulchen. »Wer hätte das gedacht? Er hat sie einfach alle gebissen und dann waren sie wieder normal?«

»Ja, in den Hintern«, erkläre ich. »Jetzt sind sie ohnmächtig.«

»Und wir überlegen gerade, ob wir sie wecken sollen«, sagt Lilly. »Ich denke, wir müssten erst überlegen, was wir ihnen erzählen, wenn sie wach sind. Einem Haufen Lehrer zu erklären, dass sie bis eben noch Zombies waren, ist sicher keine gute Idee.«

»Stimmt«, sage ich. »Das gibt nur Probleme. Am besten wäre es natürlich, sie hätten einfach alles vergessen, was passiert ist.«

»Darauf können wir uns nicht verlassen«, sagt Lilly. »Vielleicht solltest du besser bei jedem deinen Furz des Vergessens anwenden, bevor sie aufwachen.«

Stimmt, der Furz des Vergessens, den hätte ich jetzt glatt vergessen. Das ist ein Spruch aus meinem Dämonenhandbuch, den ich schon bei Lilly und dieser Rugby-Schranke angewendet habe. Ich fürchte nur, das ist in diesem Fall nicht genug.

»Grundsätzlich keine schlechte Idee«, sage ich. »Aber wenn ich mich richtig erinnere, löscht der nur die Erinnerungen der letzten zehn bis fünfzehn Minuten. Beim Hasenfuß und der Schneider-Schnutzel müssten wir aber die letzten vier Tage aus dem Gedächtnis löschen. Ich weiß nicht, ob das geht. Und selbst wenn, bezweifle ich sehr stark, dass ich so viel furzen kann.«

»Oh, ja, das ist natürlich blöd«, sagt Lilly. »Aber vielleicht steht ja noch ein anderer Spruch im Buch, der das Gedächtnis länger …«

Ein PLOPP! ertönt, wir zucken erschrocken zusammen. Eine dicke schwarze Rauchwolke füllt fast den gesamten Schuppen aus. Als der Rauch sich langsam auflöst, sehen wir einen sehr großen Todesbengel mit einer Sense vor uns stehen. Nein, das ist kein Todesbengel, das ist …

»Mortimer!«, sage ich überrascht. »Was machst du denn hier?«

»Äh … Hallo, Chef«, sagt Paulchen und wird ganz klein dabei.

»Hallo Luzie«, begrüßt mich Mortimer. »Ich wollte

mal sehen, was dieser kleine Nichtsnutz hier schon wieder angestellt hat.«

Er dreht sich zu Paulchen und ein leises Knurren ertönt aus seiner Kapuze.

»Ich konnte leider nicht früher weg aus diesem sinnlosen Krieg, aber jetzt ist Feuerpause«, fährt er fort. »Steven hat mir erzählt, was los ist. Da war allerdings nur die Rede von einem einzigen Zombie. Wie ich sehe, sind in der Zwischenzeit ein paar mehr daraus geworden.«

Er zeigt auf die ganzen Leute auf dem Boden.

»Wie hast du das nur hingekriegt, du unfähiger Volltrottel?«, wendet er sich wieder an Paulchen. »Kannst du mir mal verraten, wohin ich dich noch versetzen soll, damit keine weiteren Katastrophen passieren? Du würdest wahrscheinlich selbst am Nordpol noch aus Versehen den Schnee in die Hölle schicken. Ausgerechnet Zombies. Wie peinlich. Das ist seit mindestens 1000 Jahren nicht mehr passiert.«

»Das tut mir auch sehr, sehr leid, Chef«, sagt Paulchen weinerlich. »Aber das war keine Absicht, das lag nur an der blöden …«

»Na, das will ich auch schwer hoffen, dass das keine Absicht war«, knurrt Mortimer. »Das wäre ja noch schöner. Und ich will deine dummen Ausreden auch gar nicht hören. Wir unterhalten uns dann später über deine Strafe.«

»Du darfst ihn nicht bestrafen!«, mische ich mich ein. »Er ist unser Held, ohne ihn wären wir verloren gewesen!«

»Ach, lass doch, Luzie«, sagt Paulchen schluchzend. »Ist schon gut. Du musst nicht für mich …«

»Natürlich muss ich für dich eintreten!«, unterbreche ich ihn schnell.

Ich werfe ihm einen durchdringenden Blick zu.

»Schließlich hast du uns gerettet!«, fahre ich fort. »Und dass das überhaupt passiert ist, war ja auch nicht deine Schuld. Das lag nur an der bescheuerten Sense.

Die ist nämlich kaputt, Mortimer. Er braucht unbedingt eine neue.«

»Ja, ja, immer sind die Sensen dran schuld«, erwidert Mortimer angesäuert. »Ich kann's echt nicht mehr hören. Jedes Mal, wenn irgendetwas schiefgeht, schieben meine Todesbengel es auf die Sensen. Dabei funktionieren die schon seit 2000 Jahren einwandfrei, die sind unverwüstlich. Gib mal her, das Ding.«

Er schnappt sich die Sense aus Paulchens Hand.

»Das ist reines Ebenholz und die Klinge wurde in der Hölle gehärtet und feuerversiegelt«, sagt er. »Die gehen nicht kaputt.«

Er streicht sanft mit einer Hand zuerst über die Klinge und dann über den Stiel. Plötzlich schießt ein Blitz aus der Spitze, der direkt in die Öffnung seiner Kapuze fährt. Die Kapuze fliegt nach hinten, er lässt die Sense fallen und zappelt am ganzen Körper. Als das Zappeln aufhört, kommt ein Pfeifton aus seinem Mund und von seinem Kopf steigen kleine Rauchwolken auf.

»Uiuiui … Ähm … Puh … Öchö …«, stöhnt Mortimer.

»Oooooh, der ist aber hübsch, der Tod!«, säuselt Lilly verzückt.

Ist er das? Okay, er sieht nicht aus wie ein Dämon, eher wie einer dieser Typen, die hier oben in Filmen immer so tun, als wären sie jemand anders. Aber ob er jetzt tatsächlich besonders hübsch ist, kann ich nicht beurteilen.

»Er erinnert mich an irgendjemanden«, sagt Lilly.

»Äh … ja … danke … das höre ich oft«, sagt Mortimer. »Ich fürchte, ich muss mich bei dir entschuldigen, Paulchen. Mit dieser Sense stimmt ganz eindeutig etwas nicht, die muss ausgetauscht werden.«

»Eben«, sage ich. »Und deshalb darf er auch nicht strafversetzt werden, es war nämlich nicht seine Schuld. Im Gegenteil, er hat uns ja gerettet.«

»Das ist allerdings sehr bemerkenswert«, sagt Mortimer. »Wie hast du das denn gemacht, Paulchen? Es ist nämlich ziemlich kompliziert, Zombies zurückzuverwandeln, da kriege selbst ich Schwierigkeiten.«

»Öh … Äh … Na ja …«, druckst Paulchen herum. »Eigentlich war das nicht …«

»Geplant«, unterbreche ich ihn schnell. »Es war nicht geplant und es war auch viel Glück dabei. Vorher wurden die Zombies schneller und größer und immer gefährlicher. Aber irgendwann hatte Paulchen die Sense so eingestellt, dass sie alle wieder normal wurden und gleich danach umgekippt sind.«

Ich zeige auf die Zombies auf dem Boden.

»Sehr erstaunlich«, sagt Mortimer. »Aber egal, wie du das letztendlich hingekriegt hast, Paulchen, ich bin jedenfalls sehr stolz auf dich!«

Er klopft Paulchen anerkennend auf die Schulter.

»Bleibt nur die Frage, was wir jetzt mit ihnen machen«, sagt Lilly. »Werden sie sich denn an alles erinnern können, wenn sie aufwachen?«

»Ja, wahrscheinlich«, sagt Mortimer. »Aber das ist kein Problem, ich kann ihre Erinnerungen löschen. Soll ich das gleich mal machen?«

Er zückt seine Sense.

»Moment, nicht so schnell!«, hält Lilly ihn zurück. »Geht das auch einzeln? Und mit unterschiedlichen Zeiträumen, die gelöscht werden?«

»Ja, das ist kein Problem«, sagt Mortimer.

»Perfekt«, sage ich. »Ein paar von ihnen sind nämlich unsere Freunde, da muss nichts gelöscht werden. Dafür müssen bei zweien gleich die letzten vier Tage weg.«

»Wie gesagt, kein Problem«, sagt Mortimer. »Zeigt mir einfach, in welcher Reihenfolge und mit welchen Zeiträumen ich sie löschen soll oder eben nicht löschen.«

»Alles klar, dann fang am besten mit Aaron an«, sage ich. »Er liegt da drüben. Bei ihm muss nichts gelöscht werden.«

Mortimer fummelt kurz an seiner Sense herum, richtet sie auf Aaron und drückt auf einen Knopf. Ein feiner grüner Blitzstrahl wandert zu Aarons Kopf. Ein leises Knistern ertönt, dann verschwindet der Strahl wieder.

Wir starren alle gespannt auf Aaron. Es dauert ein paar Sekunden, dann hebt er seinen Kopf.

»Ihr habt es geschafft! Geschafft!«, sagt er grinsend.

Wir helfen ihm aufzustehen, er ist noch etwas wacklig auf den Beinen. Sein Blick fällt auf Mortimer.

»Ich nehme an, *er* hat etwas damit zu tun? Zu tun?«, fragt Aaron.

»Das erklären wir dir alles später«, sage ich und zeige auf Gustav. »Ihn bitte als Nächstes.«

Ein paar Minuten später sind Gustav, Auribus und auch Onkel Wolfram wieder bei Bewusstsein. Lilly erzählt ihm ausführlich, was passiert ist, er kommt natürlich aus dem Staunen nicht mehr heraus.

»Ich war ein Zombie?«, fragt er ungläubig. »Ich hatte mich die ganze Zeit nur darüber gewundert, wieso sich mein Kopf so anfühlt, als würde er in schwarzer Watte stecken. Und ich konnte an nichts anderes denken, als alles abzuküssen, was auch nur im Entferntesten wie ein Mensch aussieht.«

»Aber dir geht's gut?«, fragt Lilly besorgt.

»Ja, alles in Ordnung, so weit«, antwortet Onkel Wolfram. »Nur mein Hintern tut irgendwie weh.«

Er fasst mit einer Hand an seinen Hintern.

»Oh, meine Hose ist ja kaputt!«, stellt er überrascht fest.

»Ja, meine auch. Meine auch«, sagt Aaron.

»Äh … ja … das erklären wir euch später«, sagt Lilly.

»Oh!«, sagt Onkel Wolfram und zeigt auf Mortimer.

»Sie sehen aus wie … Sie sind doch Jason Mom … Ich bin ein großer Fan! Könnte ich eventuell ein Autogramm bekommen?«

»Oh ja, ich auch, bitte!«, sagt Gustav. »Meine Mutter liebt Sie!«

»Das ist er nicht«, sagt Lilly grinsend. »Das ist der Tod.«

»Der … Oh, Verzeihung!«, sagt Onkel Wolfram. »Dann verzichte ich doch besser auf das Autogramm. Die Ähnlichkeit ist aber wirklich verblüffend.«

»Ich weiß«, seufzt Mortimer. »Das passiert mir ganz oft. Soll ich dann jetzt die anderen aufwecken und ihre Erinnerungen löschen?«

»Kannst du damit noch ein bisschen warten?«, frage ich. »Wir sollten vielleicht erst noch alle Spuren beseitigen, die die Zombies verursacht haben, oder?«

»Ein sehr sinnvoller Vorschlag«, sagt Aaron. »Sonst müssen wir jede Menge Fragen beantworten. Alles sollte so aussehen wie vorher. Und wenn die Leute aufwachen, müssten sie genau dort sein, wo sie waren, als sie zu Zombies wurden. Zombies wurden.«

»Geht das, Mortimer?«, frage ich. »Hast du noch so viel Zeit?«

»Ja, das müsste gehen«, antwortet Mortimer. »Aber beeilt euch bitte.«

»Alles klar«, sage ich und klatsche in die Hände. »An die Arbeit, Leute!«

Ziemlich zersaust

»Also, *ich* mache das auf keinen Fall«, sagt Gustav.

»Ich würde ebenfalls lieber darauf verzichten«, sagt Aaron. »Dabei würden Bilder in meinem Kopf entstehen, die nachhaltig verstörend wirken könnten. Wirken könnten.«

»Willst *du* das nicht machen?«, frage ich Lilly. »Du bist schließlich ein Mädchen.«

»Ach, und nur, weil ich ein Mädchen bin, muss ich alles machen, was mit Frauen zu tun hat, oder wie?«, erwidert Lilly motzend. »Vergiss es. Mach du's doch.«

»Lasst mich mal da ran«, sagt Auribus. »Ich erledige das. Im Anziehen von anderen Leuten hatte ich immer eine Eins. Im Ausziehen leider nur eine Zwei, aber das kriege ich schon irgendwie hin.«

Er legt die ohnmächtige Frau Schneider-Schnutzel flach auf den Boden und fängt an, sie auszuziehen.

»Äh … Ich gucke lieber noch mal, ob dem Hasenfuß wirklich nichts mehr aus den Ohren wächst«, sagt Gustav.

»Gute Idee!«, sagt Lilly. »Sicher ist sicher!«

»Wartet, ich komme mit! Mit!«, sagt Aaron.

Die drei verschwinden im Büro von Direktor Hasenfuß, ich folge ihnen und schließe die Tür hinter mir.

»Der Herr Direktor sieht ganz schön ramponiert aus«, sagt Gustav. »Vielleicht sollten wir ihn doch auch noch umziehen?«

»Nein, sollten wir nicht«, erwidert Lilly. »Jeder muss genau das anhaben, was er anhatte, als er zum Zombie geworden ist. Und Paulchen hat gesagt, dass er genau diesen Anzug anhatte, mit dem er später auch beerdigt wurde. Wahrscheinlich hat er gar keinen anderen, ich habe ihn jedenfalls immer nur mit diesem gesehen.«

»Genau«, stimmt Aaron ihr zu. »Bei Frau Schneider-Schnutzel ist das anders, sie hat ihre Zombiekämpfer-Montur angezogen, deshalb muss Auribus sie jetzt umziehen. Umziehen.«

»Das war's dann aber, oder?«, fragt Gustav. »Ich bin echt fix und fertig vom ganzen Aufräumen.«

Ja, ich auch. Und eigentlich müssten wir an alles gedacht haben. Mal überlegen, was haben wir denn alles schon erledigt? Wir haben alle Pflanzen vom Direktor entfernt und die Zombieausrüstung von Frau Schneider-Schnutzel sauber eingepackt zurück in ihr Auto gebracht. Danach haben wir in der Turnhalle alle Bälle eingesammelt und Ordnung gemacht. Im Speisesaal haben wir alle Spuren der Beerdigungsgesellschaft entfernt, haben Geschirr gespült und abgetrocknet und weggeräumt, während Cornibus sämtliche Kuchenreste in seinem Schlund verschwinden lassen durfte. Dann haben wir noch Onkel Wolfram dabei geholfen, im Schuppen und in der Wohnung Ordnung zu schaffen, das war am meisten Arbeit. Die zersplitterte Wohnungstür konnten wir so schnell nicht ersetzen, dafür müssen wir uns noch eine Erklärung ausdenken. Frau Schneider-Schnutzel und den Direktor platzieren wir an ihren üblichen Plätzen in ihren Büros und hoffen, dass sie nicht allzu verwundert sein werden. Die Lehrer haben wir auf dem Schulhof verteilt, wo die meisten zu Zombies geworden sind. Wenn

wir sie aufwecken, sollen sie denken, sie sind gerade auf dem Weg zu diesem Seminar. Ach ja, und das komplette Treppenhaus mussten wir auch noch putzen, weil die Asche vom Grill alles verdreckt hatte. Das war's dann aber, mir fällt sonst nichts ein, was wir noch aufräumen oder beseitigen müssten.

»Ja, das müsste es gewesen sein«, sage ich zu Gustav.

Lilly zupft noch ein kleines Blatt aus dem Ohr von Direktor Hasenfuß.

»Unser Direktorchen ist auch so weit«, sagt sie. »Falls sich noch irgendwelche Pflanzenreste in seiner Unterhose befinden, kann ich ihm auch nicht helfen.«

»ICH BIN FERTIG!«, ruft Auribus aus dem Nebenzimmer.

Wir gehen zurück zu ihm und sehen Frau Schneider-Schnutzel in ihrem Stuhl hinter dem Schreibtisch sitzen. Ihre Haare sind ziemlich zerzaust, aber sonst sieht sie so aus wie immer.

»Perfekt«, sage ich. »Dann kann es ja losgehen mit dem Wecken. Hoffentlich klappt alles.«

»Ich schlage vor, wir beginnen mit den Lehrern«, sagt Aaron. »Wenn sie alle wach sind, schicken wir sie in den Seminarraum, dann sind sie aus dem Weg. Dem Weg.«

»Guter Plan«, sage ich. »Mortimer und Paulchen sind sowieso auf dem Schulhof und warten auf uns.«

Wir verlassen das Sekretariat und gehen nach draußen.

»Ah, da seid ihr ja!«, ruft uns Mortimer entgegen. »Können wir dann loslegen? «

»Ja, kann losgehen«, antworte ich. »Wir machen das wie abgesprochen, ja?«

Mortimer nickt. Wir verziehen uns in den Schuppen und schicken Onkel Wolfram auf seine Position hinter die Tür zum Schulgebäude. Paulchen kommt auch zu uns, jetzt sind nur noch Mortimer und die auf dem Boden liegenden Lehrer draußen. Wir drängen uns alle an den kleinen Spalt an der Schuppentür und spähen nach draußen.

Mortimer richtet seine Sense auf die Lehrer und drückt ab. Der feine grüne Blitz zieht sich langsam über alle Lehrerköpfe. Die ersten bewegen sich schon, als Mortimer unsichtbar wird und hinter uns im Schuppen wieder auftaucht.

»Es klappt!«, sage ich.

Draußen rappelt sich einer nach dem anderen auf. Sie kratzen sich nachdenklich an den Hinterköpfen und sehen sich verwirrt gegenseitig an. In diesem Moment öffnet sich die Eingangstür zum Schulgebäude und Onkel Wolfram kommt heraus.

»Perfektes Timing«, flüstert Lilly. »Ich wusste es, auf Onkel Wolfram ist Verlass.«

Er geht mit ausgebreiteten Armen lächelnd auf die Lehrer zu.

»Ah, da sind Sie ja!«, ruft er ihnen entgegen. »Sie wollen bestimmt alle zum Seminar. Es findet dieses Jahr im Musikraum statt, dort ist schon alles vorbereitet. Gehen Sie einfach rein, Sie kennen ja den Weg. Ach, wissen Sie, was? Ich muss auch in die Richtung, ich habe etwas vergessen. Kommen Sie doch einfach gleich mit.«

Die Lehrer zucken noch einmal kurz mit den Schultern und folgen Onkel Wolfram.

»Madame Berthet?«, hören wir den Holzapfel sagen. »Ich fürchte, Ihre Hose hat ein Loch.«

»Oh, wirklich?«, sagt Madame Berthet. »Sacre bleu! Wie ist das denn passiert?«

»Meine ist auch kaputt«, sagt ein anderer Lehrer. »Und mein Hintern tut weh.«

»Ja, meiner auch«, sagt der Holzapfel. »Seltsam.«

Wir sehen ihnen noch hinterher, bis sie im Schulgebäude verschwunden sind.

»Sehr gut, das hat schon mal geklappt«, sage ich. »Bei den anderen beiden könnte es schwieriger werden.«

Wir warten noch einen Moment und gehen dann rüber zum Sekretariat.

»Am besten, du gehst allein rein«, sage ich zu Mortimer. »Sie sitzt an ihrem Schreibtisch, er ist in seinem Büro.«

»In Ordnung«, sagt Mortimer. »Vier Tage habt ihr gesagt?«

»Genau«, bestätigt Lilly.

Mortimer verschwindet durch die geschlossene Tür. Ein paar Minuten später kommt er zurück.

»Sie wachen beide gerade auf«, sagt er.

»Alles klar«, sage ich. »Wir treffen uns dann gleich noch mal im Schuppen.«

Lilly, Auribus und Paulchen folgen Mortimer nach draußen. Aaron klopft an die Tür des Sekretariats. Wir warten nicht auf eine Antwort, sondern gehen gleich hinein. Frau Schneider-Schnutzel sitzt an ihrem Platz und kratzt sich nachdenklich am Kopf.

»Hallo, Frau Schneider-Schnutzel!«, begrüße ich sie.

»Äh … Ja … Hallo …«, grüßt sie mich leicht abwesend zurück. »Was … was wollt ihr denn hier?«

»Ich möchte nur kurz Bescheid sagen, dass ich wieder

da bin«, sage ich. »Sie sagen doch immer, wir sollen uns anmelden, wenn wir aus den Ferien zurück sind.«

»Äh … Ja … Schön, schön …«, sagt sie und fängt an, auf dem Schreibtisch herumzuwühlen. »Wo ist denn meine Rückmeldeliste? Moment , ich hab's gl… Aua!«

»Alles in Ordnung, Frau Schneider-Schnutzel?«, fragt Gustav. »Geht es Ihnen gut?«

»Äh … Ja … Nein … Ich bin mir nicht sicher«, antwortet sie. »Mein Hintern tut irgendwie weh. Wahrscheinlich vom langen Sitzen.«

»Ja, das wird es sein«, sagt Aaron. »Haben Sie schon einmal über ein ergonomisches Sitzmöbel nachgedacht? Das soll Wunder wirken. Wunder wirken.«

»Ja, da muss ich mich mal schlaumachen«, sagt Frau Schneider-Schnutzel. »Ah, hier ist ja die Liste. Von Turbsnatas, ordnungsgemäße Rückmeldung, ich trag's gleich ein. War sonst noch was?«

»Ja«, sagt Gustav. »Wir haben gerade draußen Herrn Rosenberg getroffen. Er hat uns darum gebeten, den Herrn Direktor daran zu erinnern, dass oben im Musikraum jede Menge Lehrer auf ihn warten, um das Seminar zu eröffnen.«

»Das Seminar?«, wiederholt Frau Schneider-Schnutzel verwundert. »Das kann nicht sein, das fängt doch erst am Freitag an.«

»Heute *ist* Freitag. Freitag«, sagt Aaron.

Er zeigt auf den Abreißkalender, der auf dem Schreibtisch steht.

»Was? … Wieso … Aber …«, stammelt Frau Schneider-Schnutzel verwirrt. »Das kann doch gar nicht sein. Eben war doch gerade noch Montag. Wahnsinn, wie die Zeit vergeht.«

»Die Zeit vergeht nicht schneller als früher, aber wir laufen eiliger an ihr vorbei«, sagt Aaron. »Das hat George Orwell gesagt. Orwell gesagt.«

»Aha, schön für ihn«, sagt Frau Schneider-Schnutzel. »Hat der sich auch schon ordnungsgemäß zurückgemeldet?«

»Sagen Sie dem Herrn Direktor Bescheid oder sollen wir das schnell machen?«, frage ich.

»Äh … Oh … Ja, macht ihr das bitte kurz, er ist in seinem Büro«, antwortet Frau Schneider-Schnutzel. »Zumindest war er das vor gefühlt vier Tagen.«

Gustav öffnet die Tür zum Büro des Direktors. Wir treten ein und sehen ihn in seiner Unterhose neben dem Schreibtisch stehen. Er hält seine Anzughose vor seinem Gesicht in der Luft und guckt uns durch das von Cornibus verursachte Loch an.

»Guten Tag, Herr Direktor«, sage ich. »Wir sollen Ihnen …«

»Ist Ihnen das auch schon einmal passiert, von Turbsnatas?«, unterbricht er mich. »Da sitzt man einfach nur

auf seinem Stuhl und plötzlich hat man ein Loch in der Hose und ein schmerzendes Gesäß.«

»Äh … Ja, das passiert mir ständig«, schwindele ich. »Das muss an den Stühlen liegen.«

»Ah, verstehe«, sagt der Hasenfuß. »Gut, gut, dann muss ich mich deshalb ja nicht weiter wundern. Was kann ich für die Herrschaften tun?«

»Nichts, Herr Direktor«, sagt Gustav. »Wir sollen Ihnen nur Bescheid sagen, dass das Lehrerseminar gleich anfängt. Man wartet nur noch auf Sie.«

»Was? Oh! Das ist heute schon?«

Er wirft einen Blick auf seine Uhr.

»Dann bin ich ja bereits zu spät. Diese Hose hat mich völlig aus dem Konzept gebracht. Ich ziehe nur schnell eine neue an, dann bin ich bereit. Danke für den Hinweis.«

Er saust an uns vorbei ins Sekretariat.

»Aber, Bärchen!«, hören wir Frau Schneider-Schnutzel flüstern. »Du kannst doch hier nicht so rumlaufen, nebenan sind Schüler! Warte wenigstens, bis sie …«

»Frau Schneider-Schnutzel!«, unterbricht er sie. »Haben Sie eine Ersatzhose für mich?«

»Ach so … Ja … Natürlich, Herr Direktor! Kommt sofort!«

Wir stehlen uns unauffällig an den beiden vorbei nach draußen und schließen die Tür hinter uns.

»Sieht so aus, als hätte es geklappt, oder?«, frage ich die anderen.

»Ja«, antwortet Aaron. »Wahrscheinlich werden sie sich noch einige Male über die fehlenden vier Tage wundern, aber das geht sicher schnell vorbei. Es lässt jedenfalls nichts mehr darauf schließen, dass hier irgendjemand ein Zombie war. Zombie war.«

»Und ich will bitte auch nie wieder einen sehen«, sagt Gustav. »Geschweige denn, einer sein.«

»Keine Sorge, das musst du auch nicht«, sage ich lachend.

Kurz drücken

»Gut, dann ist ja alles wieder in Ordnung«, sagt Mortimer, nachdem wir ihm berichtet haben, wie es gelaufen ist.

»Danke, dass du uns geholfen hast«, sage ich.

»Ach, ich musste ja sozusagen nur beim Aufräumen helfen«, sagt Mortimer. »Das wirklich Wichtige hat Paulchen erledigt. Ich bin wirklich sehr stolz auf dich. Und du wirst natürlich *nicht* strafversetzt, im Gegenteil. Wenn du willst, kannst du dir gern eine Großstadt als zukünftiges Arbeitsgebiet aussuchen. Da gibt es zwar viel mehr zu tun, aber dafür ist es nicht so langweilig. Hm, was sagst du? Wie wäre es mit Paris? Da brauche ich immer gute Todesbengel.«

»Ähm … Na ja … Ich …«, druckst Paulchen herum. »Das ist sehr nett, Chef, vielen Dank. Aber wenn es möglich wäre, würde ich am liebsten hierbleiben. Mir gefällt es hier irgendwie. Und jetzt habe ich hier ja auch ein paar Freunde. Vielleicht kann ich ja ab und zu mal vorbeikommen, wenn mir langweilig ist?«

Er schaut abwartend in unsere Richtung.

»Klar, jederzeit!«, sage ich. »Du bist uns auch sehr willkommen, wenn gerade keine Zombieplage ansteht.«

»Gut, wenn du das möchtest, kannst du bleiben«, sagt Mortimer. »Ich ordere nur gleich noch schnell eine neue Sense für dich, Moment.«

Er zieht ein Handy aus seinem Umhang und tippt darauf herum.

»Ah, sehr gut«, sagt er. »Das mit der Sense dauert leider bis übermorgen, aber in diesem Sektor steht in den nächsten drei Wochen kein Ableben auf dem Plan, das reicht also. Deine alte Sense vernichte ich aber lieber gleich, bevor sie noch mehr Schaden anrichtet.«

Er schnappt sich Paulchens Sense, legt seinen Kopf in den Nacken, öffnet seinen Mund ganz weit und lässt die komplette Sense darin verschwinden.

»So, jetzt muss ich aber los«, sagt er anschließend. »Macht's gut, ihr Lieben.«

Er löst sich vor unseren Augen einfach auf und schon ist er verschwunden.

»Na, das lief doch super«, sage ich und zwinkere Paulchen zu.

»Aber nur, weil ihr für mich geschwindelt habt«, sagt er verlegen. »Das werde ich euch nie vergessen, vielen Dank, ihr seid die Besten.«

»Gar kein Problem«, sage ich. »Und falls du doch mal wieder aus Versehen einen Zombie produzierst, sag einfach Bescheid, dann kommen wir mit unserem gnadenlosen Zombievernichter Cornibus vorbei.«

Wir müssen alle lachen.

»Cornibus noch nicht Schlotzolade gekriegt«, beschwert sich ein gewisser australischer Hirtenhund von unten. »Wann Cornibus Schlotzolade kriegen?«

»Aber du hast doch den ganzen Kuchen gekriegt«, sage ich lachend. »Hat dir das nicht gereicht?«

»Cornibus nie gereicht. Kuchen gut. Schlotzolade besser.«

»Alles klar, du kriegst gleich deine Schokolade, du hast sie dir ja auch absolut verdient«, sage ich und wende mich an die anderen. »Kommt ihr mit hoch zu mir?«

»Ich nicht«, sagt Paulchen. »Ich verziehe mich lieber mal. Ich will nicht riskieren, dass mich jemand hier sieht und ich deshalb doch noch Ärger kriege.«

»Alles klar«, sage ich. »Wie gesagt, du kannst gerne jederzeit bei uns vorbeikommen.«

»Das mache ich ganz sicher«, sagt Paulchen. »Und vielen Dank noch mal für alles.«

»Sehr gern geschehen«, sage ich. »Ich würde dich ja gern zum Abschied kurz drücken, aber das geht ja leider nicht.«

»Doch, das geht«, sagt Paulchen. »Ich kann mich auch verfestigen, wenn es sein muss.«

Er kneift die Augen zu und ein sanftes, ein funkelndes Glitzern überzieht seine Gestalt.

»Oh, wie cool!«, sage ich und drücke ihn fest an mich. »Mach's gut, Paulchen.«

Die anderen drücken ihn auch noch zum Abschied, dann löst er sich vor unseren Augen in Luft auf.

»Ich mag den Kleinen irgendwie«, sage ich. »Außerdem kann es sicher nicht schaden, den zuständigen Todesbengel im eigenen Bezirk zu kennen. Sollen wir dann hochgehen?«

Die anderen nicken. Cornibus verwandelt sich in eine Maus und schlüpft in meine Tasche. Wir laufen gemeinsam los in Richtung Schulgebäude.

Als wir gerade kurz vor der Treppe in der großen Eingangshalle ankommen, lässt uns ein Geräusch erschreckt zusammenzucken.

»GRMBL! … GRGL! … SCHMTZ! … GRGL!«

»Oh, verdammt!«, zische ich die anderen an. »Wir haben offenbar einen vergessen!«

Das Gekrächze dringt aus einer halb offenen Tür neben dem Sekretariat.

»Das ist die Lehrertoilette«, flüstert Aaron, während wir vorsichtig näher schleichen. »Vielleicht wurde der Zombie dort aus Versehen eingeschlossen. Eingeschlossen.«

»GRGL! … SCHLTZ! … GRMBL! … SCHMTZ! …«

Die Geräusche werden lauter, je näher wir der Toilette kommen.

Ich nehme Cornibus vorsichtig aus meiner Tasche und setze ihn auf dem Boden ab.

»Verwandle dich wieder in den Hund«, flüstere ich ihm zu. »Du musst gleich noch mal einen Zombie beißen.«

»Cornibus nicht Plombie beißen«, meckert er leise. »Plombie nicht Schlotzolade.«

»Nur einmal noch«, sage ich. »Bitte.«

Ein undefinierbares Grummeln erklingt als Antwort, aber er verwandelt sich.

»Okay«, flüstere ich den anderen zu. »Folgender Plan: Gustav, du reißt die Tür auf. Wir anderen stürmen rein, erschrecken den Zombie und Cornibus beißt zu.«

Die anderen nicken. Gustav stellt sich an die Tür. Ich gebe ihm ein Zeichen, er reißt sie auf. Wir stürmen mit lautem Gebrüll und Gebell hinein und sehen … Frau Schneider-Schnutzel, die sich vor dem Waschbecken laut gurgelnd und fluchend die Zähne putzt.

»AAAAAAAH!«, schreit sie vor Schreck auf. »KINDER IN DER LEHRERTOILETTE!«

Ich halte Cornibus schnell fest.

»Oh, Verzeihung!«, sage ich. »Das … das ist ein Versehen! Wir wussten nicht, dass Sie hier drin sind!«

»Das geht euch auch gar nichts an, dass ich hier drin bin!«, erwidert Frau Schneider-Schnutzel. »Das ist eine Lehrertoilette! Ihr habt hier nichts zu suchen! Schon gar nicht mit diesem … diesem Viech da!«

Sie zeigt auf Cornibus.

»Ihr wisst doch sicher, dass Haustiere in St. Fidibus verboten sind!«, schimpft sie weiter.

»Äh … Ja … Das … das wissen wir …«, sagt Lilly.

»Das ist auch nicht unserer, der gehört einer Klassenkameradin. Wir wollten ihm nur kurz etwas Wasser geben.«

»Aber nicht in der Lehrertoilette!«, erwidert Frau Schneider-Schnutzel. »Los, raus hier! Sofort!«

»Natürlich«, sage ich. »Tut uns leid. Wir sind schon weg.«

Wir drehen uns um und ziehen uns schnell zurück.

»Wobei, Moment, Halt, Stopp, hiergeblieben!«, beordert uns Frau Schneider-Schnutzel zurück. »Hat zufällig jemand von euch ein wirksames Mundwasser dabei?«

Mundwasser? Wieder so ein Begriff, den ich noch nie gehört habe. Was soll das denn sein? Das Wasser, das man im Mund hat? Also Spucke? Davon habe ich immer genug. Will sie, dass ich sie anspucke? Wozu soll das denn gut sein?

»Äh … nein«, antwortet Lilly irritiert. »Wir sind Kinder, wir laufen eigentlich nie mit Mundwasser in der Gegend herum.«

»Mist, hätte ja sein können«, sagt Frau Schneider-Schnutzel. »Seit ihr vorhin im Sekretariat wart, habe ich einen ganz ekligen Geschmack im Mund. Ich putze mir jetzt bereits seit mindestens zehn Minuten die Zähne und kriege ihn trotzdem nicht weg. Das ist echt widerlich, fühlt sich an, als hätte ich einen Zombie geküsst.«

Wir gucken uns alle an und fangen eine Sekunde später unkontrolliert an zu lachen.

»Was gibt es denn da zu lachen?«, fragt Frau Schneider-Schnutzel irritiert. »Das ist nicht lustig, wenn man so einen Geschmack nicht loswird.«

»Nein … das ist es nicht!«, sagt Lilly prustend. »Wir stellen uns nur gerade vor … wie Sie … wie Sie … einen Zombie küssen! Hahaha!«

»Und das ist so lustig, weil es Zombies ja gar nicht gibt! Nicht gibt!«, fügt Aaron hinzu.

Frau Schneider-Schnutzel legt ein sehr ernstes Gesicht auf und beugt sich verschwörerisch flüsternd zu uns herunter.

»Seid euch da mal nicht so sicher«, sagt sie. »Ich beschäftige mich privat ausgiebig mit diesen Biestern. Glaubt mir, eines Tages blüht uns allen die Zombie-

Apokalypse. Wenn es so weit ist, kommt sofort zu mir, ich bin perfekt ausgerüstet und im Kampf gegen Zombies ausgebildet. Aber das bleibt unser Geheimnis, verstanden? Eine kleine Gruppe hat größere Chancen zu überleben.«

Sie zwinkert uns zu.

»Äh … Ja … Okay …«, sage ich, schwer bemüht, nicht wieder loszulachen. »Gut zu wissen, Frau Schneider-Schnutzel. Bei einer Zombie-Apokalypse sofort zu Ihnen, geht klar.«

»Sehr gut«, sagt Frau Schneider-Schnutzel. »Und jetzt raus mit euch. Ich putze jetzt erst mal ausgiebig meine Zunge. GRMBL! … SCHMTZ! … GRGL!«

Wir verlassen so schnell wie möglich die Toilette, schließen die Tür hinter uns und lachen noch den ganzen Weg bis in mein Zimmer.

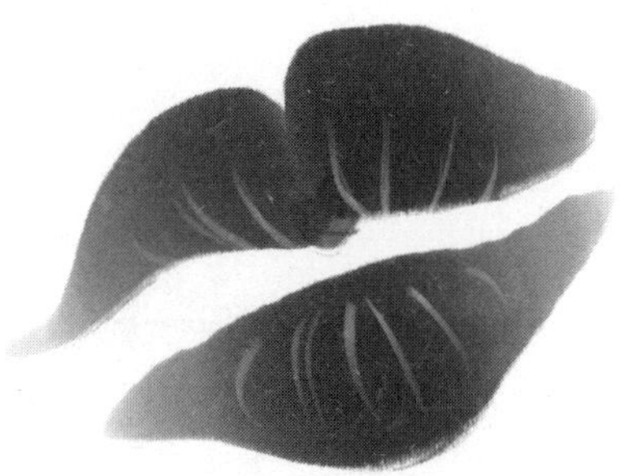

Aufnahmeprüfung für Todesbengel
Ich stelle euch jetzt zwei äußerst schwierige Aufgaben!
Nur wer beide Aufgaben bewältigt, erhält sein Todesbengel-Diplom.
Vor euch liegt etwas, nehmt es in die Hand.
Drückt bitte zuerst auf den oberen Knopf.

Idee & Text: Till   Zeichnungen: Frey

Jochen Till, geboren 1966 in Frankfurt/M., sitzt seit nunmehr zwanzig Jahren in der Hölle in Abteilung 66 (Schriftsteller und andere Lügenerfinder), von Luzifer höchstpersönlich dazu verdonnert, Kinder- und Jugendbücher zu schreiben. Was der Teufel allerdings nicht weiß: Er fühlt sich pudelwohl dort unten und hat höllischen Spaß dabei.

Raimund Frey, geboren 1982 in Isny im Allgäu, zeichnete bereits im zarten Alter von 5 Jahren seine erste Kuh. Luzifer hielt das Bild für ein äußerst gelungenes Porträt von sich selbst und holte Raimund sofort in die Hölle. Seitdem sitzt er dort und malt alles, was der Teufel von ihm verlangt. Und wenn der Chef gerade nicht hinguckt, zeichnet Raimund heimlich ganz viele Dinosaurier.

Höllisch gute Produkte zu Luzifer junior findet ihr hier:

www.luziferjunior.shop

Das will ich LESEN!

ISBN 978-3-7432-0565-9

ISBN 978-3-7432-0825-4

ISBN 978-3-7432-1334-0

Cornibus, der beliebte Hausdämon, bekommt seine eigene coole Kinderbuch-Reihe!
Für Jungs und Mädchen ab 10 Jahren.

LOEWE WOW!

95
15